BORIS PFEIFFER, geboren 1964 in Berlin, schrieb seine ersten Gedichte mit 13 Jahren und arbeitete als junger Mann am Theater. 2003 erschien sein erstes Buch. Seitdem schreibt er Kinder- und Jugendbücher (darunter zahlreiche Bände der Erfolgsserie Die drei ??? Kids), Romane, Theaterstücke, Hörspiele und Musicals. Einige davon preisgekrönt. Sein Werk wurde weltweit übersetzt und hat eine Millionenauflage erreicht. Boris Pfeiffer engagiert sich für die Leseförderung von Kindern, zum Beispiel zusammen mit den DFL Kids-Clubs der Fußballbundesliga.

Theresa Tobschall, geboren 1994, studierte integriertes Design mit den Schwerpunkten Illustration und Animation an der Hochschule Anhalt in Dessau. Heute lebt sie in Hamburg und arbeitet dort hauptberuflich als Illustratorin. Sie zeichnet hauptsächlich im digitalen Medium, wobei sie gern unterschiedliche Stile anwendet. Mit viel Fantasie und Ideenreichtum kreiert sie so spannende Charaktere und neue Welten für Spiele, Bücher und Animationen.

BORIS PFEIFFER

SURVIVORS
Die Flucht beginnt

Mit Bildern von
Theresa Tobschall

SCHNEIDERBUCH

1. Auflage 2021
Originalausgabe

Einband und Illustrationen: Theresa Tobschall
Satz: Simone Horlacher/HarperCollins
Druck und Bindung: GGP Media GmbH, Pößneck
Printed in Germany · ISBN 978-3-505-14450-9

www.schneiderbuch.de
Facebook: facebook.de/schneiderbuch
Instagram: @schneiderbuchverlag

Klimaneutral
Druckprodukt
ClimatePartner.com/15109-2009-1001

MIX
Papier
FSC FSC® C014496

INHALT

FLÜCHTLINGE …

Der seltsame Schwarm aus den letzten Überlebenden des Riffs glitt quälend langsam durch den warmen Ozean. Wie ein einziger großer Fisch bewegten sich die vielen Körper. Das Wasser schmeckte nach Erschöpfung und Hunger. Heuler, der Hai mit den leuchtend blauen Augen, schwamm direkt neben Zacky.

»In dieser stinkenden Flut bräuchte man drei Herzen«, jammerte er. »So wie diese Blinkkalmare. Kein Wunder, dass die noch Kraft für die Jagd haben. Stell dir mal vor, die fressen mich, Zacky. Stell dir vor, ein Squid frisst einen Hai!«

»Noch sind sie nicht da«, antwortete Zacky.

Noch haben sie uns nicht!

Er schwang herum und passte sich der nächsten Wolkenform an, die der Schwarm annahm. Der Schwarm war der einzige Schutz, der ihnen blieb. Nur wenn es ihnen gelang, die Formation zu halten, würden die Jäger sie womöglich verschonen. Aber fast keiner von ihnen war ein Schwarmfisch. Nahezu jeder von ihnen war es gewohnt gewesen, alleine zu leben, zu schlafen, aufzuwachen, zu jagen. Nur alleine sterben wollte niemand.

Zacky versuchte vergeblich, seine Freundin Scir inmitten der Fische auszumachen. Was war los? Bis eben war sie noch direkt hinter Heuler geschwommen.

»Scir? Scir, bist du in Ordnung?« Er lauschte. Scir musste leben. Sie trug die letzte Hoffnung bei sich. Das Einzige, was außer ihnen selbst von ihrem Riff übrig war und auf dem sich vielleicht eine Zukunft gründen ließ. Ohne Scir würde es keiner von ihnen schaffen.

»Scir wird sowieso abnippeln«, verkündete Heuler. »Und dann wäre es doch besser, ich würde sie einfach verschlingen, kurz und schmerzlos ...«

»Denk nicht mal dran!« Zacky drehte sich in die nächste Welle des Schwarms. Er spürte, dass sie immer langsamer wurden. Die Bewohner des erloschenen Riffs waren kraftlos und erschöpft.

Er wandte seine farbige Seite zur Meeresoberfläche. Das letzte Sonnenlicht fiel aufs Wasser und verteilte darunter bunte Sprengsel über die Schuppen der Fische, die neben ihm schwammen.

»Niemand wird sterben«, sagte Zacky energisch. »Und du hörst jetzt auf mit der Heulerei, Heuler!«

»Jaja, erklär du mir nur, was ich machen muss«, jammerte der Hai. »Meine Familie ist seit neun Millionen Jahren auf der Flucht und du zum allerersten Mal.«

Da kam ein Ruf: »Zacky! Heuler! Es ist alles okay.«

Endlich!

»Scir! Warum bist du nicht hinter Heuler geblieben?«

»DonDon hat mich zu sich nach hinten gerufen. Er will, dass ich bei ihm und den Giftschnecken schwimme. Damit sie mich bei einem Angriff verteidigen können.«

DonDon sorgt sich genauso um die Zukunft, die Scir mit sich trägt.

»Das ist ein kluger Gedanke. Aber Heuler beschützt dich auch. Wenn du das nächste Mal die Beschützer wechselst, sag Bescheid. Wir müssen wissen, wo du bist, Scir!«

»Ja, Zacky.« Scir klang wie immer brummig. Aber in ihren Gedanken schwang Wärme mit. Sie hatte ihn verstanden. Wahrscheinlich war sie auch nach hinten zu DonDon geschwommen, weil das Wasser dort weniger verbraucht war als inmitten der Fische.

Während der Schwarm weiterrollte, konzentrierte sich Zacky auf seine Sinne. Anders als die Gedanken, in denen die Meeresbewohner miteinander sprachen, waren sie ganz nach außen gerichtet. Hunger, Angreifer, Fressmäuler – das alles konnte jederzeit aus den Tiefen des Ozeans kommen.

Aber er spürte nichts. Auch kein leises Sirren von vielen Körpern und geschmeidigen Tentakeln.

Drei Herzen, hatte Heuler gesagt. Drei Herzen hatten die Squids. Und riesige Kiemen, wie DonDon es ihnen erzählt hatte, die zerklüftet waren wie ein ganzes Riff, sodass sie aus einem Tropfen Wasser mehr Sauerstoff saugen konnten als jedes der Tiere im Schwarm.

Zacky rollte sich weiter und achtete darauf, den nötigen gleichmäßigen Abstand zu den Flossen vor ihm zu wahren. Das Wasser in seinem Maul schmeckte nach Urin.

Sie waren alle am Ende ihrer Kräfte.

Wenn DonDon recht hatte, trotzten die Jäger aus der Tiefe der unnatürlichen Wärme des Wassers besser als die Überlebenden des Riffs. Sie waren schneller und ausdauernder als sie alle, abgesehen vielleicht von den gestreiften Korallenwelsen, die den Schwarm anführten.

Zacky schaute zur Meeresoberfläche. Der einzige weitere Schutz für die Flüchtenden, über die dicht gedrängte Gruppe hinaus, war die Sonne. Die Squids scheuten das Licht. Aber es wurde bereits dunkel. Und in der Dunkelheit stiegen die Jäger aus der Tiefe empor.

»Wir haben nicht mehr lange!«, keuchte Heuler. »Wir haben überhaupt nicht mehr lange. Es wird gleich Nacht. Und die sind bestimmt schon hinter uns her.«

»Wir sind vorbereitet«, rief Scir von hinten. Sie klang dabei so ruhig wie immer.

Zacky sah sich nach ihr um. Seine Freundin schwamm halb versteckt und gelassen hinter dem langen Körper von DonDon, in dessen rotem Kamm die beiden Giftschnecken hingen.

»Neun Millionen Jahre!«, brüllte Heuler. »Neun Millionen Jahre hat meine Familie überlebt. Und das soll es jetzt gewesen sein?!«

Das fragte Zacky sich auch. Er wusste nicht, ob es noch einen Ausweg gab. Aber er wusste, dass er ihn suchen würde, bis zuletzt. Denn er hatte die Strophe, die er dem großen Lied seiner Vorfahren beifügen wollte, noch nicht gefunden. Die Strophe vom Überleben der letzten Riffbewohner.

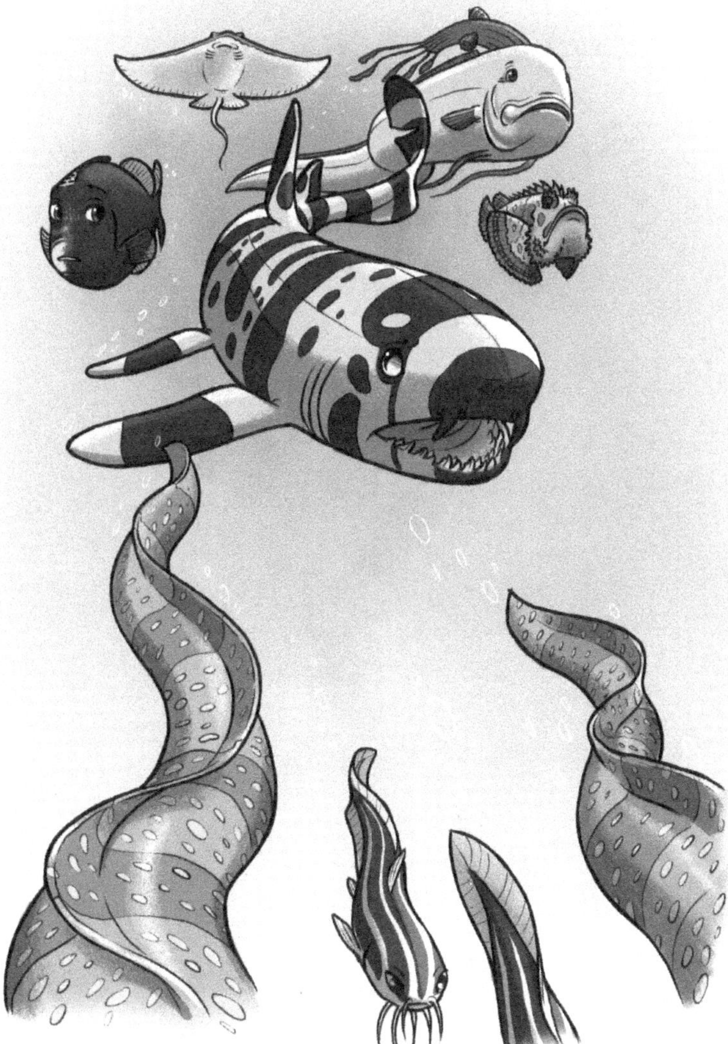

Zwölf Stunden zuvor ...

1.

BÖSES ERWACHEN

Als Zacky am Morgen erwachte, war es dunkler als sonst. Er merkte sofort, dass etwas nicht stimmte. Normalerweise leuchteten die Korallen vor seiner schrägen Riff-Spalte hell im Sonnenlicht, wenn er den Tag begann.

Zacky spürte in seinen Körper. Kein Biss, keine Wunde, kein Gift. Er lag noch genauso festgekeilt zwischen den Korallenfelsen wie beim Einschlafen.

Das war gut.

Und doch stimmte etwas nicht.

Zacky beendete seine Körperkontrolle und dachte nach. Vor ihrem Tod hatte ihm seine Mutter die Strophe von der Wandlung vorgesungen, die jedem Fischmännchen irgendwann bevorstand.

»Du wirst wütend werden, Zacky. Du wirst kämpfen wollen. Und du wirst dein Zuhause gegen jeden verteidigen, der ihm zu nahe kommt.«

Zacky schüttelte den Kopf. So fühlte es sich nicht an. Er war nicht wütend, er wollte nur wissen, was los war.

Es war zu dunkel, und das war unheimlich.

Zacky löste sich aus seiner Schlafposition. Er kippte die harten Strahlen seiner Rückenflosse aus ihrer starren Haltung und ließ sie mit einer schnellen Bewegung in die kleine Kerbe in seinem Rücken klappen. Mithilfe der aufgestellten Rückenflosse verankerte er sich nachts zwischen den Wänden, damit er nicht im Schlaf davongetrieben wurde.

Kaum hatte er sich gelöst, erfasste ihn ein Strudel. Der Ozean begrüßte ihn wie immer. Zacky schnellte in die Höhe. Er stellte sich senkrecht, drehte sich einmal um sich selbst und spürte die Strömung, die seine breite, bunte Seite traf. Er drehte sich um, und sie umspülte seine andere Seite.

Es war wie immer ein gigantisches Gefühl, das Meer zu erleben. Die Bewegung kam aus weiter Ferne, umfasste jede Koralle, jede Anemone, jeden Polypen, jede Nessel, jeden Fisch. Die Wellen wanderten durch das Wasser und Zackys Körper.

Zacky hielt inne.

Plötzlich wurde es ihm klar. Es war nicht nur zu dunkel. Es war auch viel zu warm für die Dunkelheit. Wärme bedeutete Sonnenlicht. Aber es war dunkel und warm im selben Moment. Das gab es nicht! Durfte es nicht geben!

Zacky öffnete das Maul, schnappte den nächsten Schwall und fühlte, wie das salzige Wasser durch seine Kiemen zog. Er stellte sich mit dem Bauch nach unten und schob seine Schnauze so weit aus der schiefen Spalte, dass er zu beiden Seiten über den Riffhang sehen konnte.

Angespannt spähte er nach links und rechts.

Lang wie eine sehr große Schule Wale breitete sich das

Korallenriff. In der Dunkelheit schmolz es zu einer riesigen grauen Schattenwand zusammen.

Zacky hätte sich am liebsten sofort wieder in seine sichere Spalte zurückgezogen. Aber obwohl es so dunkel war, stieg aus der Tiefe überhaupt kein Plankton in die Höhe. Das taten die kleinen Tierchen und Krebse sonst jede Nacht, um weiter oben Algen zu fressen. Es gab keine Nacht ohne Plankton am Riff. Und es gab keine Wärme ohne Sonnenlicht.

Und doch war es so.

In Zackys Magengrube breitete sich ein mulmiges Gefühl aus. Er war ein Riffbewohner, der das Licht liebte. Diese seltsame Dunkelheit machte ihm Angst.

Dann aber besann er sich. Er war noch nie ein Angstfisch gewesen, und dies war noch immer seine Welt. Hier war er geboren worden. Hier hatten alle seine Vorfahren gelebt. Und wenn etwas nicht so war, wie es sein sollte, dann musste er herausfinden, was los war.

Vorsichtig schwamm er aus seiner schiefen Spalte hinaus und sah sich im trüben Wasser um. Trotz der Dunkelheit bewegten sich Fische, Seesterne, größere Krebse, Würmer und Schnecken am Riff. Sie alle begannen jeden Tag mit ihm zusammen. Doch während ihn sonst ein Knurren, Sirren und Summen begrüßte, war es heute still. Die Riffbewohner bewegten sich leise und träge.

Bestimmt ging es ihnen wie ihm. Bestimmt waren sie erwacht und wussten die Dunkelheit und die seltsame Wärme nicht einzuordnen. Wie Geister schwammen und krochen sie durch das aufgeheizte Dämmerlicht.

Zacky musterte die Korallen. Wo sonst ihre Felder schillerten, in Blau und Türkis, Grün und Purpur, Rosa, strahlendem Rot, Violett und Orange war jetzt keine Farbe zu sehen. In solch einer Eintönigkeit war Zacky noch nie aufgewacht. Er spürte deutlich, wie auch

er in der Wärme träge wurde. Und dazu fiel es ihm schwer zu atmen.

Denk nach, befahl er sich. *Was ist los?*

Plötzlich erinnerte Zacky sich an etwas, das seine Freundin Scir vor einigen Tagen zu ihm gesagt hatte.

»Übersonnenwarm. Ich fürchte, es wird übersonnenwarm.«

»Was meinst du denn damit?«, hatte Zacky sie gefragt.

»Ich meine das nicht. Ich merke es, wenn ich mich am Grund in den Sand grabe und dort liege. Das Wasser ist wärmer, als die Sonne es sonst macht.«

»Aber wovon denn?«, hatte Zacky wissen wollen.

»Das weiß ich nicht«, hatte Scir mit ihrer knarrenden Stimme gebrummt. »Deswegen sage ich ja, dass ich *fürchte*, dass es so ist. Wenn es mir vollkommen klar wäre, wäre es vielleicht nicht unbedingt besser. Aber ich wüsste zumindest, warum es so ist. Und das wäre wenigstens weniger unheimlich, und ich würde mich womöglich auch weniger fürchten.«

»Hm«, hatte Zacky damals geantwortet und dann hinzugefügt: »Also, ich merke nichts.«

»Das ist mir schon klar«, hatte Scir erwidert. »Du schwimmst auch immer rum und liegst nicht so lange wie ich an derselben Stelle. Du kühlst dich selber, weil du dich mehr bewegst. Deswegen erzähle ich es dir ja. Und ich sage dir, es ist wärmer als sonst auf dem Meeresboden. Es ist übersonnenwarm.«

Zacky erinnerte sich an diese Worte, und da wusste er: Er musste Scir finden.

2.

ÜBERSONNENWARM

Scir war Zackys einzige echte Freundin. Und sie war ein bisschen seltsam. Zum Beispiel sammelte sie eigenartige Worte. *Unhungrig* war eine Zeit lang ein Lieblingswort von ihr gewesen. Dann waren *schneckengiftschnell* und *muränenschwesterngemein* dazugekommen.

Als sie das Wort *übersonnenwarm* erfand, hatte Zacky gedacht, dass sie vielleicht ein bisschen die Wahrheit sagte und ein bisschen rumspann. Außerdem hatte sie ihn dabei mit ihrem einen verbliebenen Auge reglos angeschaut. In solchen Momenten war Scir nicht nur so gut wie undurchschaubar, sie sah noch dazu wirklich fies aus. Dafür sorgten die rotbraune, ledrige, mit warzenartigen Schwämmen bedeckte Haut, das breite Maul mit den heruntergezogenen Mundwinkeln und die dreizehn langen, giftigen Stacheln auf dem Rücken. Aber am allergruseligsten war Scirs leere Augenhöhle, die so schwarz war wie der tiefste Teil des Ozeans. Scir hatte ihr eines Auge im Kampf gegen einen Krebs verloren. Aber davon sprach sie nicht gerne. Wie sie überhaupt am liebsten versonnen schwieg und anderen zuhörte.

Zacky dachte an die Zeit, als Scirs Lieblingsworte *Singesinge Doppelgesicht* waren. Das war kurz nachdem sie sich kennengelernt hatten, und natürlich war damit Zacky gemeint. Zacky mochte den Spitznamen nicht sehr, denn er erinnerte ihn daran, dass er noch immer keine eigene Strophe für sein Familienlied gefunden hatte. Und doch klang *Singesinge Doppelgesicht* aus Scirs breitem Maul irgendwie auch cool.

Zacky suchte den Meeresboden unter sich ab. Da Scir aussah wie ein schwammüberwucherter Felsen, verbarg sie sich gerne zwischen großen Steinen und blieb dort regungslos liegen. Die meisten Riffbewohner dachten, das Steinfischmädchen würde den ganzen Tag auf Beute lauern. Aber das stimmte nicht. In Wirklichkeit fraß Scir nur, wenn sie richtig

Hunger hatte. Die übrige Zeit hörte sie dem Ozean zu, roch und erfühlte das Leben um sich herum und bekam dabei mehr mit als manch anderer.

Übersonnenwarm. Zacky fragte sich, ob Scir inzwischen mehr über diese seltsame dunkle Wärme wusste. Es konnte jedenfalls kein Zufall sein, dass sie ausgerechnet jetzt dieses Wort erfunden hatte.

Zacky tauchte noch etwas weiter in die Tiefe. Wie immer, wenn er sich ins freie Wasser begab, stellten sich seine inneren Antennen auf mögliche Jäger ein.

Davon gab es viele, und sie verwendeten die unterschiedlichsten Jagdmethoden. Manche spürten noch die kleinsten Bewegungen ihrer Beute, selbst den Herzschlag. Manche waren blitzschnell und verfolgten einen mit ungeheurer Geschwindigkeit. Manche zwängten sich bis tief in die Spalten des Riffs hinein, um jemanden zum Fressen zu finden – so wie die Haie, die sogar ihre Rückenflosse anlegen konnten. Wenn sie dann mit der Schnauze voran woanders wieder aus einer Höhle herauskamen, sah es aus, als würde das Riff einen Riesen ausspucken. Und wieder andere wirkten gar nicht bedrohlich, waren aber nicht weniger gefährlich. Die Seeschlangen, die immer cool blieben, weil ihr giftiger Biss sowieso jeden tötete. Oder die Schnecken, die ihre Opfer im Schlaf aufsuchten und ihnen dann ihre Giftwolke entgegenspritzten, von der man sofort bewegungsunfähig wurde. Anschließend stülpten sie dem Eingenebelten ihr weit dehnbares Maul über den Kopf und verschluckten ihn im Ganzen. Mitsamt der Schwanzspitze.

Aus all diesen Gründen war es klug, sich im Ozean nicht allzu lange ohne Deckung zu bewegen.

Während Zacky weiter nach Scir Ausschau hielt, hoffte er, dass er sie nicht in Hungerstille antreffen würde. Es war so gut wie unmöglich, einen Meeresbewohner aus der Hungerstille zu reißen, ehe er nicht etwas zu beißen, zu knacken oder zu schlürfen ins Maul bekam. Auf der Jagd war die Hungerstille eine mächtige Hilfe. Kein einziger Gedanke lenkte den Jäger dann von der Futtersuche ab. Niemand hörte ihn. Und keiner konnte sie oder ihn in diesem Moment ansprechen. Jedenfalls bei normalen Fischen.

Als Zacky und Scir sich kennengelernt hatten, hatte sie sich in der Hungerstille befunden. Damals war Zacky direkt über Scirs geöffnetem Maul vorbeigeschwommen, ohne sie überhaupt zu bemerken. Zu seinem Glück hatte er leise vor sich hingesungen, wie so oft, wenn er mal wieder nach seiner ersten Strophe für das Familienlied suchte. Da er damit bisher nicht weitergekommen war, endete es immer damit, dass er die alten Strophen seiner Vorfahren wiederholte, in der Hoffnung, dass ihm währenddessen eigene Worte einfallen würden. Ein Glück war das deshalb, weil Scir Gesang mehr liebte als alles andere – sogar mehr als eine gute Mahlzeit. Am liebsten hätte sie alle Strophen aller Lieder der Meeresbewohner gesammelt. Doch das war natürlich nicht einfach, denn es kam nicht oft vor, dass singende Fische an ihr vorbeischwammen. Also hatte Scir, anstatt Zacky einzusaugen, ihr verbliebenes Auge weit aufgerissen und ihn angesprochen.

Zacky war vor Schreck drei Meter in die Höhe geschossen, und Scir hatte sich halb totgelacht. »Wenn ich dich hätte fressen wollen, wärst du schon längst in mir drin, du merkwürdige Gestalt. Aber was singst du da? Ich meine, ich habe ja schon viele gefressen, aber einen, der dabei singt, das habe ich noch nie erlebt. Und überhaupt, sollen die Lieder uns nicht vor Gefahren schützen? Und du schwimmst einfach so singesinge fast genau in mein Maul ... Warum siehst du überhaupt so seltsam aus, auf einer Seite ganz bunt und auf einer schwarz! Hast du dich mit einem Tintenfisch gestritten, haha? Du bist ja ein richtiges Singesinge Doppelgesicht.«

Zacky war erst erschrocken, dann hatte er sich geärgert. Er war immerhin kein Allerweltsfisch, sondern der coolste Leopard-Drückerfisch am Riff, mit einem Nachtstachel auf dem Rücken! Niemand hatte zwei so verschiedenfarbige Seiten wie er.

»Geht's noch, du Wortkanone?!«, hatte er Scir angefahren. »Sag mir lieber, warum du nur ein Auge hast! Und wer bist du überhaupt?«

»Ich bin Scir«, hatte Scir ohne zu zögern geantwortet. »Und das Auge hat mir ein Krebs ausgerissen. Aber dafür habe ich ihn verschlungen.«

»Mitsamt deinem eigenen Auge?« Zacky hatte für einen Moment vergessen, Wasser durch seine Kiemen strömen zu lassen, und sich fast verschluckt. »Hast du ihn wirklich mit deinem Auge in den Scheren gefressen?«

»Natürlich nicht!« Scir hatte sich geschüttelt. »Das habe

ich der Strömung überlassen. Es war nicht mehr zu retten.« Dann hatte sie für einen Augenblick geschwiegen und leiser hinzugefügt: »Ich hoffe, es hat irgendwo da draußen noch einem guten Zweck gedient.«

Zacky hatte damals gedacht, dass der einzige gute Zweck ja wohl darin bestehen konnte, jemanden zu sättigen. Aber das hatte er nicht laut gesagt. Es war bestimmt kein gutes Gefühl, wenn man angebissen wurde. Also hatte er gemurmelt: »Tut mir leid.«

»Hm ...« Scir hatte eine Weile überlegt.

Da hatte Zacky die andere Stille an ihr kennengelernt. Die nachdenkliche Stille, die nichts mit dem Hunger zu tun hatte und in die Scir, wie er inzwischen wusste, viel öfter verfiel.

Nach diesem Tag hatten Scir und Zacky angefangen, sich öfter zu treffen.

Inzwischen waren sie beste Freunde. Und natürlich hatte Zacky ihr alle Strophen seines Familienliedes vorgesungen. Fast alle jedenfalls. Nur die letzten hatte er für sich behalten. Die Strophen, die von seiner Mutter stammten.

Wo aber war Scir an diesem seltsamen Morgen?

Zacky schwamm weiter und musterte den Meeresboden. In dem großen Grau konnte er kaum etwas erkennen. Dazu kam die Hitze in seinem Körper, die ihn träge machte, wie er immer deutlicher spürte.

Zacky sehnte sich nach kühlerem Wasser. Sein ganzer Körper schrie danach und wollte in die dunkle Tiefe. Er zwang sich dazu, still zu stehen.

Vielleicht meldete sich auch einfach der Hunger zu Wort?

Ohne kühleres Wasser stieg natürlich kein Plankton in die Höhe. Das Plankton kam nie, wenn es warm war. Und ohne Plankton gab es kein Futter.

Zackys Magen krampfte sich zusammen. Er hatte wirklich Hunger.

In diesem Moment spürte er an seiner Hinterflosse eine kühle Strömung.

Er fuhr herum. Sie schien aus einer Höhle am Riffhang zu kommen. Der dunkle Eingang lag einige Meter unter dem Riffdach, gut versteckt unter einem Überhang. Ohne die kühle Strömung wäre er ihm niemals aufgefallen.

Vielleicht hatte sich ja ein wenig Plankton zwischen den Höhlenwänden gefangen?

Zacky zögerte nicht länger. Er schaltete seine Gedanken aus und wurde hungerstill. Alles in ihm richtete sich auf die Futtersuche aus.

Er schwamm auf die Höhle zu.

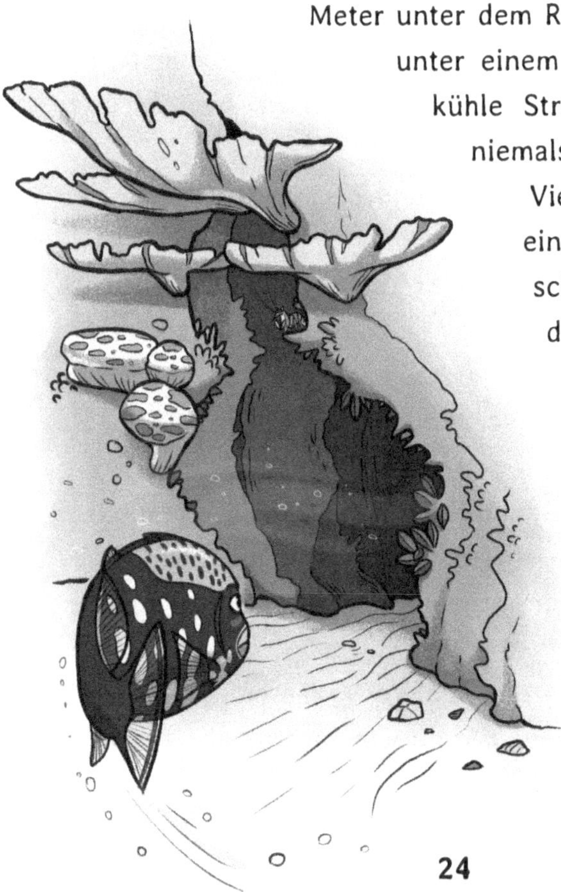

Jetzt konnte er es riechen.
Ja, hier war Plankton im Wasser.
Zacky öffnete das Maul und schob sich voran.
Mit zwei kleinen Flossenschlägen folgte er dem Geruch.
Er kam genau aus der Höhle.
Ohne nachzudenken, tauchte Zacky in die Dunkelheit ein.

3.

DIE PLANKTONHÖHLE

Die Höhle, in die Zacky kam, war stockfinster. Doch in der Hungerstille zählte nur das Plankton, das im Wasser schwamm. Zacky öffnete das Maul und sog es ein. Die kleinen Leckerbissen knirschten köstlich zwischen seinen Zähnen. Es schmeckte wunderbar. Und hinter dem ersten Bissen wartete noch mehr. Zacky konnte es nicht sehen, aber er konnte es riechen. Es roch lecker! Er stieß weiter vor und schnappte erneut nach dem Futter.

Aber plötzlich schnappte das Futter zurück.

Zacky zog gerade noch rechtzeitig seine Schnauze weg. Das gab es doch gar nicht! Die winzigen Planktonteilchen griffen einen nicht an. Sie bildeten auch kein Maul, das einen fressen wollte. Doch genau das geschah. Vor Zacky tauchte sogar ein ziemlich großes Maul in der Dunkelheit auf. Schmal und spitz und mit einer Reihe nadelscharfer Zähne ausgestattet.

Und das bedeutete: Das war kein Plankton! Das war auch kein Futter! Im Gegenteil, es war etwas, das *Zacky* als Futter ansah. Etwas, das aus einer ziemlich tiefen Hungerstille kam. Und wahrscheinlich roch er auch ziemlich lecker für das Riesenmaul. Wenn er nicht schleunigst aufpasste, würde er gleich zerkaut und in seine Einzelteile aufgelöst werden.

Zacky verließ die Hungerstille und schaltete um auf Überleben.

Die Planktonhöhle war eine Falle! Und an Flucht nicht mehr zu denken.

Während das Maul mit den spitzen Zähnen sich weiter öffnete, ging Zacky in den Kopfstand und stieß drohende Trommelgeräusche aus. Dann begann er, sich langsam um sich selbst zu drehen und zeigte dem Angreifer seine bunte Seite. Wenn er Glück hatte, verschmolzen die vielen Farben mit dem Licht hinter dem Höhleneingang, und er wurde unsichtbar. Doch im Ozean war immer noch kein Licht, und seine einzige Farbe an diesem falschen Morgen war ein trübes Grau.

Das Maul kam ungerührt näher.

Zacky drehte sich weiter um sich selbst und stand nun mit seiner schwarzen Seite vor den scharfen Zähnen. Das war die letzte Warnung: Ich bin schwarz wie die Nacht. Ich trommle mit meinen spitzen Zähnen. Wenn du es wagst, mich anzugreifen, wird es finster und schmerzhaft für dich.

Mit einem Auge beobachtete er die Reaktion des Angreifers.

Das Maul wurde langsamer.

Doch das reichte nicht. Sobald Zacky sich abwandte, würde er sofort wieder zum Gejagten. Und die Gejagten wurden schnell die Gefressenen.

Im Gegenteil, jetzt war der nächste Schritt fällig.

Also drehte er sich zurück in die Waagerechte und schwamm mit höchster Geschwindigkeit auf den Jäger zu.

Ich werde dich rammen und beißen.

Das Maul verharrte.

Da erkannte Zacky plötzlich, wer der Angreifer war. Oder vielmehr die Angreiferin. Hinter dem spitzen Maul starrten ihn zwei schwarze Pupillen an, um die ein dunkelroter Ring lag. Darüber erhoben sich zwei Hörner. Eine Drachenmuräne.

Muränenschwesterngemein.

Doch daran durfte Zacky jetzt nicht denken. Wenn er überleben wollte, musste er seine Gegnerin sofort weiter in die Schranken weisen. Anhalten reichte nicht, sie musste sich vor Angst verkriechen.

Zacky beschleunigte noch einmal und raste ungebremst voran. Dabei schaltete er auch den letzten Gedanken aus.

Nun sprach nur noch sein Körper. Wenn seine Angreiferin nicht zurückwich, würde er sie rammen. Auch wenn ihr Maul größer war als seines. Und ihre Zähne spitzer. Zacky war ihr inzwischen so nahe, dass er den Geruch von verfaultem Fleisch aus ihrem Mund riechen konnte. Wenn sie jetzt nicht nachgab, würde er sich selbst in ihr aufspießen und bald genauso stinken.

Zacky trommelte mit den Zähnen und stellte sich vor, er wäre ein hässlicher, heimtückischer Muränenfresser.

»Ich ziehe dir jeden Zahn einzeln aus dem Maul und fresse dich weg wie Plankton!«

Es klappte.

Im allerletzten Moment zog sich die Muräne pfeilschnell zurück.

Zacky bremste und drehte um.

Raus hier!

Er passierte den Höhleneingang und stieß sofort mit einem Kopfsprung senkrecht in die Tiefe. Dann schlug er einen Haken und noch einen, raste an einigen gefiederten Korallen vorbei und tauchte in einer schmalen Felsspalte unter.

Auf einmal merkte er, wie sein Herz raste. Er konnte kaum noch das Maul aufmachen, um Wasser in die Kiemen zu saugen.

Zitternd blieb Zacky stehen und lauschte. Eigentlich verharrten Muränen tagsüber in ihren Höhlen. Aber an diesem Morgen schien alles möglich. Erst nach einigen Sekunden, die ihm wie eine Ewigkeit vorkamen, wagte Zacky aufzuatmen. Das Wasser hinter ihm blieb still. Die Muräne folgte ihm nicht. Er war ihr entkommen. Aber sein Hunger hatte Zacky beinahe das Leben gekostet.

SCIR

»Was war das denn für eine Nummer?«

Die Stimme erreichte Zacky, während er in der Felsspalte verharrte, und er erkannte sie sofort.

»Scir!« Zacky hörte selbst, wie erleichtert er klang. »Scir, hast du das gesehen?«

»Natürlich habe ich das, du halbblindes Doppelgesicht. Wie viel Dummheitsgeblubber muss man eigentlich im Kopf haben, um direkt in die Höhle einer Muräne zu schwimmen! Fühlst du dich danach, gefressen zu werden?«

Zacky blickte sich um. Wie immer war seine Freundin nicht leicht zu erkennen. Aber Zacky wusste inzwischen, wonach er Ausschau halten musste. Das rotbraune Steinfischmädchen lag am Rande einer kleinen Gruppe von Felsen und grinste ihn schief an.

»Wie bist du da wieder rausgekommen?«, fragte sie leise. »Ich dachte, ich sehe dich nie wieder! Oder wenn, dann nur als abgenagtes Grätenskelett.«

Zacky schüttelte stumm den Kopf. Erst jetzt merkte er, wie müde er sich fühlte.

Es war, als ob die Wärme ihn betäubte.

»He Doppelgesicht, nicht einschlafen!« Scirs Auge nahm einen besorgten Ausdruck an. »Was ist denn mit dir los?«

»Ich ...«, begann Zacky und versuchte, seine Gedanken zu sortieren. »Ich war eigentlich auf der Suche nach dir. Aber dann ... Warum ist denn überhaupt kein Plankton im Wasser?«

Scir starrte ihn an. »Das fällt dir erst jetzt auf? Seit Tagen war kaum ein Nachtjäger draußen, weil es so warm ist. Alle liegen nur in ihren Höhlen und dämmern vor sich hin.«

Zacky schüttelte den Kopf. »Das kann nicht sein. Gestern war ich am äußersten Riff und habe ...«

»Bestimmt hast du nur an dein Lied gedacht«, unterbrach ihn Scir. »Und dabei hast du mal wieder nichts gefressen.«

Zacky wollte protestieren. Aber Scir hatte recht. Wenn er nach Worten für seine Strophe suchte, vergaß er das Drumherum. Selbst Futter schien dann weniger wichtig als die Frage, wann er endlich einen Beitrag zum Lied seiner Sippe leisten konnte.

»Es stimmt also?« Scir rollte mit dem Auge.

»Kann schon sein«, gab Zacky widerstrebend zu.

»Mann, Doppelgesicht! Ich denke, euer großes Lied hilft euch dabei, euch im Ozean zu orientieren. Aber wenn du überhaupt nicht mitkriegst, was passiert, wie willst du dann jemals eine Strophe machen, die anderen hilft?«

Zacky antwortete nicht. Scir sprach genau das aus, was er manchmal selbst dachte. Dabei hatte er sogar schon eine Idee für seine Strophe. Er wollte davon erzählen, warum er auf einer Seite bunt war wie alle seine Vorfahren und auf der anderen schwarz wie die tiefste Tiefe des Ozeans. Er wollte erzählen, was das mit seiner Mutter zu tun hatte, und vielleicht auch, warum sein Vater seitdem nicht mehr da war.

Nur leider wusste er nicht, ob diese Erfahrung für irgendeinen anderen wichtig war oder sogar jemandem helfen konnte.

Scir löste sich vom Boden und kam auf ihn zu. Sie öffnete ihr Maul und packte Zacky sanft. »Komm runter, hier ist es etwas besser.«

Zacky spürte den Unterschied sofort. In der Tiefe war es wirklich ein klein wenig kühler. Scir grub eine Kule in den Sand und legte ihn hinein. Dann grub sie sich neben ihm in den Sandboden und blickte schräg nach oben.

»Ich habe versucht, dich zu warnen, Doppelgesicht. Aber du hast mich nicht gehört. Und du hast auch die Garnele nicht gesehen, hab ich recht?«

»Garnele ... ?«, fragte Zacky.

Der kühlere Meeresboden tat ihm gut und weckte seine Lebensgeister.

Das Steinfischmädchen schlug mit den Flossen, sodass der Sand um sie herum in einer Wolke aufstob. »Sie saß direkt hinter dem Höhleneingang an der Wand und hat nach Plankton gefischt. Nur deswegen ist die Muräne auf dich losgegangen. Sie dachte, du willst ihren Putzpartner fressen.«

»Aber sie war hungerstill.«

Scir wandte ihm ihr mürrisches Maul zu. »Natürlich war sie das. Ihr geht es nicht besser als allen anderen. Es ist zu warm, es fühlt sich an, als würde die Sonne hoch am Himmel stehen, und es ist zu dunkel dafür.« Sie drehte sich auf den Rücken und sah sich um. »Ich habe das Gefühl, dass das Riff sich in dieser Hitze auflöst.«

Bei dieser Vorhersage bekam Zacky plötzlich Angst. »Du meinst, es ist ...«

»Übersonnenwarm«, bestätigte Scir. »Das habe ich dir doch gesagt.«

5.

MITTEN DURCH DEN TOD

Übersonnenwarm. Jetzt verstand Zacky vollkommen klar, was Scir meinte. Übersonnenwarm bedeutete: Das Wasser war zu warm, und das hatte nichts mit der Sonne zu tun. Wenn man Scirs Worte erst einmal begriff, waren sie komplett logisch.

Und in dieser fremdartigen Hitze löste sich irgendwie das Riff auf.

Zacky dachte an die letzten Strophen des Lieds der Leoparden-Drückerfische. Die Strophen seiner Mutter. Sie handelten vom Tod, der mit einem beißend hellen Licht kam. Und davon, was dann zu tun war. Aber das Licht hatten die Menschen erzeugt, und hier waren doch gar keine Menschen ...

Zackys Gedanken rasten immer schneller. Er konnte sich nicht daran erinnern, was damals passiert war. Er wusste es nur aus dem Lied, das seine Mutter ihm so oft vorgesungen hatte, bis er es in- und auswendig kannte. War die merkwürdige Wärme der Vorbote des Moments, den die Strophen meinten?

»Scir«, flüsterte er. »Diese Wärme, sie könnte mit etwas zu

tun haben, das nicht aus dem Meer kommt. Meine Mutter ... Es gibt da noch einige Strophen, die letzten. Ich habe sie dir nie vorgesungen, denn ich verstehe sie selbst nicht ganz. Ich singe sie nur nachts, alleine für mich, zum Einschlafen ... Aber ich glaube, du musst sie auch ...«

Plötzlich schoss Scir an ihm vorbei und fuhr ihre Giftstacheln aus, sodass diese wie Pfeile in das Wasser hinter Zacky zeigten. Zacky erstarrte. Jetzt spürte auch er die gefräßige Stille, die sich hinter ihm ausbreitete. Und in sie hinein drang das Schnappen mächtiger Zähne. Gleich darauf jaulte eine laute Stimme: »Tut mir leid, Zacky, tut mir echt sehr, sehr leid!«

Zacky brauchte sich nicht umzudrehen, um zu wissen, wer das war: Heuler, der Hai mit den eisblauen Augen. Er war das einzige Wesen am ganzen Riff, das sich während der Fressstille immerzu bei seiner Beute entschuldigte. Heuler war absolut merkwürdig.

Da fegte er auch schon als schwarzweißer Schatten über Zacky hinweg und schnappte erneut mit den Zähnen.

»Hau ab!«, rief Scir Zacky zu. »Mich frisst er nicht. Er hat Angst vor meinem Gift. Aber du bist nicht giftig.«

Mich frisst er auch nicht, wollte Zacky antworten. Der Wanderhai hatte Zacky noch nie als Beute angesehen. Heuler bevorzugte Krebse und Schalentiere, weswegen er auch meistens auf seinen Flossen ums Riff wanderte. Zumindest war es bisher so gewesen.

Aber auch das schien sich geändert zu haben. Auf einmal drehte Heuler sich nämlich um, schielte kurz auf sein leeres

Maul und richtete seine hellblauen Augen dann erneut auf Zacky.

»Es tut mir leid«, jammerte er laut. »Es tut mir leid!«

Heilige Schneckenscheiße! Warum fresse ich keine Haie?

Zacky jagte davon.

»Tut mir so leid!« Heuler stieß ihm nach.

Zacky fuhr senkrecht in die Höhe und fing an zu trommeln. Aber natürlich war es Unsinn, einem Hai wie Heuler drohen zu wollen.

Zacky hielt Ausschau nach einem Fluchtweg. Das nächste Korallenfeld lag nicht allzu weit vor ihm. Dummerweise handelte es sich ausgerechnet um ein riesiges Feld von Seeanemonen.

Zacky wurde schlecht.

Die Seeanemonen waren das Gebiet der Clownsfische. Die miserablen Schwimmer lebten fröhlich

zwischen den Gifttentakeln der Anemonen und schützten sich gegen deren fiese Pfeile mit einer dicken Schleimschicht. Zacky war zwar ein guter Schwimmer, aber er hatte keine Schleimschicht. Wenn die Anemonenpfeile ihn träfen, wäre er sofort tot.

»Tut mir leid!«, jaulte es hinter ihm. »Tut mir leid!«

In diesem Moment blitzte in Zacky etwas auf. Die Strophe seines Onkels Keke.

Im Herzen der Strömung entkam Keke
den giftigsten Pfeilen.
Sie prallten hinter ihm ins Leere,
als er erkannte:
Die Strömung biegt die Arme fort.
Und Keke schwamm schneller, als das Wasser zog.
Da wurde er unbesiegbar wie der Ozean,
dem kein Giftpfeil etwas anhaben kann!

Zacky hatte sich oft gefragt, wie sein Onkel das geschafft hatte: Schneller zu schwimmen, als das Wasser zog. Aber jetzt verstand er es plötzlich. Die Strömung hatte ein Tempo, und wenn er es aufnahm und mit dem Strom so schnell wie möglich schwamm, dann ...

»Tut mir leid!«

Es war der einzige Weg.

Die weißen Nesseln der Anemonen schwangen hin und her. Und wieder zurück. Und dann wieder vor ... und zurück. Sie taten es in der Strömung. Der Spalt, den sie dabei öffneten, war nur wenige Zentimeter breit. Aber das musste reichen.

Zacky wartete die nächste Strömungsbewegung ab und raste dann gemeinsam mit dieser in das Korallenfeld. Dazu beschleunigte er, so stark er konnte. Sofort schossen die ersten Tentakel ihre Giftpfeile ab. Es waren die schnellsten Geschosse, die Zacky kannte, so schnell, dass das Auge sie nicht sehen konnte. Aber er konnte sie hören. Sie klangen hell und gemein.

Zacky wartete auf das tödliche Brennen, das gleich einsetzen musste. Auch davon wusste er aus dem Lied seiner Vorfahren. Seine Urgroßtante Cata hatte es für ihre Sippe in Worte gefasst, ehe sie starb. Spürte er den Schmerz vielleicht nur vor Aufregung nicht?

Zacky wischte den Gedanken weg. Die Pfeile waren der Tod.

Die Strömung war das Leben.

Und er war am Leben!

Er holte alles aus sich heraus und katapultierte sich mit Hilfe der Meeresströmung durch die Seeanemonen. *Kein Schmerz!* Mit dem ganzen Körper warf er sich voran. *Kein Schmerz!* Und plötzlich war er durch den Tentakeltunnel hindurch. Er war mitten durch den Tod geschwommen. Onkel Kekes Strophe hatte ihn gerettet.

Zacky schlug einen Salto und sah zurück.

Heuler stand hinter ihm über den Seeanemomen und starrte ihn mit seinen blauen Augen an.

6.

SCHNECKENGIFT

Sofort jagte Zacky weiter. Zum Glück breiteten sich jetzt ungiftige Korallenäste vor ihm aus. Zacky raste mitten durch sie hindurch. Doch schon nach wenigen Flossenschlägen zog Heulers dunkler Schatten wieder über ihn.

»Tut mir so leid!«

Der Hai überholte Zacky, dreht sich vor ihm um und schob seinen Bauch so dicht an das Riff, dass Zacky nicht unter ihm entwischen konnte. Dazu schnappte er mit dem aufgerissenen Maul hin und her.

Zacky schwamm hastig rückwärts. Aber Heuler war natürlich schneller. Er folgte Zacky unerbittlich und stand sofort wieder direkt vor ihm.

Zacky blickte auf Heulers spitze Zahnreihen. Er wollte nach hinten ausweichen, aber dabei stieß seine Schwanzflosse an etwas Hartes. Sein Fluchtweg war versperrt.

»Tut mir leid!«

Heulers Maul wurde groß wie das eines Wales, und dahinter gähnte aller Wahrscheinlichkeit nach ein noch größerer leerer Magen.

Zacky stellte sich auf den Kopf. Wieso waren plötzlich Felsen hinter ihm? Er war doch eben noch in einem bewegten Korallenfeld unterwegs gewesen.

Da sah er in den blauen Haiaugen etwas aufblitzen. Das Spiegelbild dessen, was hinter ihm war. Das Korallenfeld war mit einem Mal weiß. Weiß und starr und vollkommen unbeweglich.

Wie ist das möglich ... Alles weiß und erstarrt ...

Die Haischnauze schob sich über ihn.

»Tut mir leid!«

Ich muss leben ...

Die Augen! Heulers Augen.

Ich muss sie erreichen ...

»Tut dir überhaupt nicht leid!«, brüllte Zacky. Er wollte den Hai irgendwie in ein Gespräch verwickeln. Solange Heuler sprach, würde er noch nicht zubeißen. Das hoffte Zacky jedenfalls. »Tut dir nicht leid, Heuler! Niemals tut es dir leid! Du heulst nur rum! Gar nichts tut dir leid!«

»Tut mir leid! Tut mir leid!«

Jetzt!

Zacky schoss quer durch die riesige Dunkelheit des Mauls.

Vorne rein, hinten zur Seite raus.

Dann war er durch.

Weiter, auf Heulers Auge zu.

Da lag die Rettung.

Hinter Zacky klappte das Maul zu.

Zu spät! Wie ein Putzerfisch versuchte Zacky sich am unteren Rand des Auges festzubeißen.

Aber Heuler wirbelte herum. Sofort wurde Zacky weggerissen.

»Tut mir leid!«

Zacky versuchte wieder Kontrolle über seine Bewegungen zu erlangen. Endlich! Er zischte los und ... anhalten.

Vor ihm stand eine große, einsame Seeanemone. Sie war rosa, und im Gegensatz zu dem vollkommen weißen Korallenfeld dahinter bewegte sich ihr giftiger Tentakelwald noch. Sehr gemächlich und sehr hungrig. Und diesmal herrschte keine befreiende Strömung.

Heulers schwarz-weißer Schatten schob sich über Zacky.

Lieber so, als im Maul eines Hais zerfetzt zu werden. Lieber die Gifttentakel. Zacky schwamm in die Anemone. Er stieß gegen die Tentakel.

Aus.

Aber die Pfeile ... kamen nicht!

Im Gegenteil.

Die rosa Tentakel wurden auf einmal ebenfalls weiß und erstarrten.

Zackys Herz begann wie wild zu trommeln. Die Anemone war einfach ...

... gestorben. Wie aus dem Nichts. Genau wie alle Korallen hinter ihr. Genau wie er gleich sterben würde!

Nein!

Ein riesiger Lebenswille erfasste Zacky.

Aber wie?

Plötzlich kam ihm eine Idee.

Giftschnecken!

Er konnte sich nicht an Heuler festklammern. Er würde ihm nie entkommen. Der Hai war ein unerbittlicher Jäger.

Aber das waren die Schnecken auch!

Normalerweise wäre es völlig unmöglich gewesen, sie inmitten eines Korallenwaldes schnell genug zu finden. Sie jagten nachts und schliefen tagsüber. Und zwischen vielen bunten Korallenästen sah man sie nicht. Doch in den weiß erstarrten Korallen war jede verbliebene Farbe auszumachen.

Obwohl Zacky alles wehtat, schwamm er weiter. Er hörte nicht mehr auf das Geheul seines Verfolgers. Er trotzte dem Schmerz. Und endlich sah er sie: zwei große Kegelschnecken, die zwischen den entfärbten Korallen lagen.

Zacky schlug einen Salto und trommelte wie verrückt mit der Schnauze gegen die Gehäuse.

Die beiden Schnecken wurden sofort wach und streckten ihre Rüssel hervor.

»Hunger!«

»Hunger!«

»Ja!«, brüllte Zacky. »Da kommt Futter!«

Er stieß die Schnecken auf Heuler zu.

»Tut mir leid«, rief der Hai, als die erste der beiden Schnecken ihre lähmende Giftwolke ins Wasser schoss.

Zacky ging in Deckung.

Die zweite Schnecke stieß ihr Gift ebenfalls aus. Es trieb genau auf Heulers Maul zu.

Schlagartig wurden seine blauen Augen dunkel.

»Tut mir ... «

Im nächsten Augenblick herrschte Stille. Heuler verdrehte die Augen. Benommen sank er in die weißen Korallen.

Die Schnecken krochen auf ihn zu. Sie öffneten ihre Mäuler und versuchten sie über den Hai zu stülpen.

Vergeblich.

»Groß, Schwester Jane!«, murmelte eine der beiden.

»Viel zu groß, Schwester June!« Die zweite Schnecke wedelte hilflos mit ihrem Maul vor Heulers Schnauze.

»Nichts zu fressen June und Jane«, sagte June.

»Schlafen, June!«, sagte Jane. »Keine Kraft.«

Die beiden Schnecken fuhren zurück in ihre Gehäuse.

Eine Weile blieb Zacky reglos im Wasser stehen und atmete durch.

Das war knapp! Sehr knapp ...

Er sah zurück zu der verendeten Anemone. Jede Farbe war aus den Ästen und Tentakeln gewichen.

Zacky schwamm über den schlafenden Heuler und die beiden Schnecken hinweg in die Höhe, sodass er von oben auf die Korallenfelder gucken konnte. Das gesamte Riff war kalkweiß. Nein, hier und da gab es noch Farbinseln. Aber sie waren alle am Erlöschen.

Zacky schwamm zu einem der toten Korallenstämme und stieß ihn mit der Schnauze an. Die Tentakel waren keine Tentakel mehr. Nur noch totes Korallengeäst, das in die Tiefe sank, wenn man es abbrach.

Zacky blickte zu den verbliebenen Farbinseln. Und plötzlich verstand er, was vor sich ging. Aus den noch lebenden Korallen floss ein schwacher Strom grüner Algen. Die Wesen verließen ihre Lebenspartner. Die winzigen Zooxanthellen, die in den Korallen und manchen Seeanemonen lebten und sie versorgten, wanderten aus. Deswegen erstarrten die Korallen und sahen aus wie Knochen, die einige Oktopusse um ihre Fressstätten herum auf dem Meeresboden sammelten.

Die Wärme ohne Sonne. Der Hunger. Heuler, der einen kleinen Fisch wie ihn angriff. Tote Korallen. Zackys Herz setzte aus, als er begriff, was vor sich ging. Alles starb, das gesamte Riff.

Ein Tod, der größer als der Tod von einem ist.

Und doch lebte er selbst noch. Sogar zwei Mal war er dem Tod entkommen – und nun spürte er einen Lebenswillen wie noch nie.

Wenn so ein Tod sich nähert, liegt die letzte Rettung in der Flucht.

Plötzlich machte alles, wovon die letzten Strophen seiner Mutter erzählten, Sinn.

Er musste Scir sagen, was er wusste. Und nicht nur Scir. Alle mussten es wissen.

Plötzlich wurde Zacky klar, was er zu tun hatte.

7.

ENGEL DER DUNKELHEIT

Es gab nur einen Ort, an dem Zacky fast alle Riffbewohner finden konnte: die Putzstation! Dort trafen sich die großen und die kleinen Meeresbewohner, und dort fraß keiner den anderen.

Von seiner schrägen Spalte aus kannte Zacky den Weg genau. Aber im Moment wusste er nicht, wo er sich befand. Das weiße Riff sah überall gleich aus.

Um sich zu orientieren, schwamm Zacky vom Riffdach in Richtung der Meeresoberfläche. Sonnenstrahlen drangen durch das Wasser herab. Der Tag war doch noch gekommen.

Zacky war dankbar für das Licht. Seine farbige Seite funkelte in der Sonne. Erst jetzt merkte er, wie sehr er sich nach Farben sehnte. Das weiße Riff machte ihn traurig.

Zacky hielt Ausschau. Er sah nichts. Keinen Fisch, keinen Teil des Riffs, der ihm bekannt vorkam. Wo um alles in der Welt war er gelandet?

Heuler, du jammernder Fresssack! Ohne dich wäre ich bei Scir. Dafür sollte ich dir gleich noch eine Schnecke um die Schnauze hauen.

Doch stimmte das überhaupt? Waren sie in Wirklichkeit nicht alle in der gleichen Lage? Heuler hätte ihn niemals zu fressen versucht, wenn nicht ...

»Hallo«, sagte da eine Stimme, die Zacky noch nie gehört hatte. Sie war dunkel und kehlig und wurde von einem hellen Knistern und Sirren begleitet, so als würden mit jedem Wort winzige Luftblasen platzen.

»Hallo«, sagte die Stimme noch einmal. »Bist du ein Lichtengel?«

»Was?!« Zacky fuhr herum. Aus einer Riffspalte unter ihm schob sich ein fremdartiges Wesen empor. Der Kopf wirkte winzig, im Vergleich zu einem leuchtend roten Flossenkamm, dessen Strahlen sich wie Seegras im Wasser wiegten. Kleine rote Augen sahen Zacky gebannt an.

»Ob du ein Lichtengel bist?«

»Ein was?«, fragte Zacky verdattert.

»Ein Lichtengel«, sirrte und klirrte die Stimme des Wesens. »Das Leuchtende.«

»Meinst du die Sonne?«, wollte Zacky wissen.

»Das Wort habe ich noch nie gehört«, sagte das Wesen. »Ich war auch noch nie hier. Ich bin auf der Suche. Bist du sicher, dass du kein Lichtengel bist?«

»Ja«, sagte Zacky. Er musterte den seltsamen Fisch. »Ich habe dich noch nie an der Putzstation gesehen. Aber kennst du zufällig den Weg dahin? Ich habe mich verirrt. Und ich habe es echt eilig!«

»Das habe ich befürchtet, dass du kein Lichtengel bist«, gab der seltsame Fremde zurück, als hätte er Zackys Frage nicht gehört. »Denn du bist sehr klein. Lichtengel müssen größer sein. Noch größer als ich ...«

»Hör mal«, sagte Zacky. Der seltsame Fisch fing an, ihn zu nerven. Natürlich war Zacky nicht groß, das wusste er selbst. Aber er hatte keine Zeit für solchen Unsinn. »Ich kann dir jetzt wirklich nicht helfen ...«

»Ja«, sagte der fremde Fisch. »Du kannst mir nicht helfen. Ich bin ein Engel der Dunkelheit. Und wenn du nicht bist, was ich suche, muss ich weiter.« Er wandte sich von Zacky ab, klirrte und sirrte und schob sich weiter aus der Spalte.

Zacky traute seinen Augen nicht. Der Kopf des Fisches war schon beeindruckend, aber dahinter kam jetzt ein Körper aus der Tiefe, der überhaupt nicht mehr aufzuhören schien. Selbst die größte Muräne am Riff war dagegen ein Wurm. Über den Rücken lief der leuchtend rote Flossenkamm weiter. Nur waren die Strahlen auf dem Kopf bedeutend länger. Je höher der Fisch sich schob, desto weniger wirkte der Kamm am Kopf auf Zacky wie ein Strang Seegras, sondern eher wie eine gewaltige rote Krone. Die Haut des seltsamen Wesens leuchtete silbrig, und seine kleinen roten Augen wurden ferne Lichter, je weiter der Fisch in die Höhe stieg.

Kein Riffbewohner. Er kommt aus der Tiefe!

»Engel der Dunkelheit!«, rief Zacky hastig. »Was machst du hier?«

»Unser Lied bringt mich her«, antwortete der Unbekannte. »Es sagt, dass wir uns selbst einen Teil abbeißen müssen, wenn es nichts anderes mehr gibt. Wir beginnen uns dann von der Schwanzspitze an selbst aufzufressen, denn ein kleinerer Körper braucht weniger Nahrung.«

Zacky erschauerte. Natürlich, alles Tote sank von oben nach unten und wurde irgendwo in der Tiefe gefressen, so wie Scirs verlorenes Auge. Wenn hier oben das Leben zu Ende ging, dann gab es auch in der Tiefe kein neues Futter mehr.

Aber was war das für eine Lichtengelgeschichte?

Der große Tiefseebewohner glitt weiter in die Höhe.

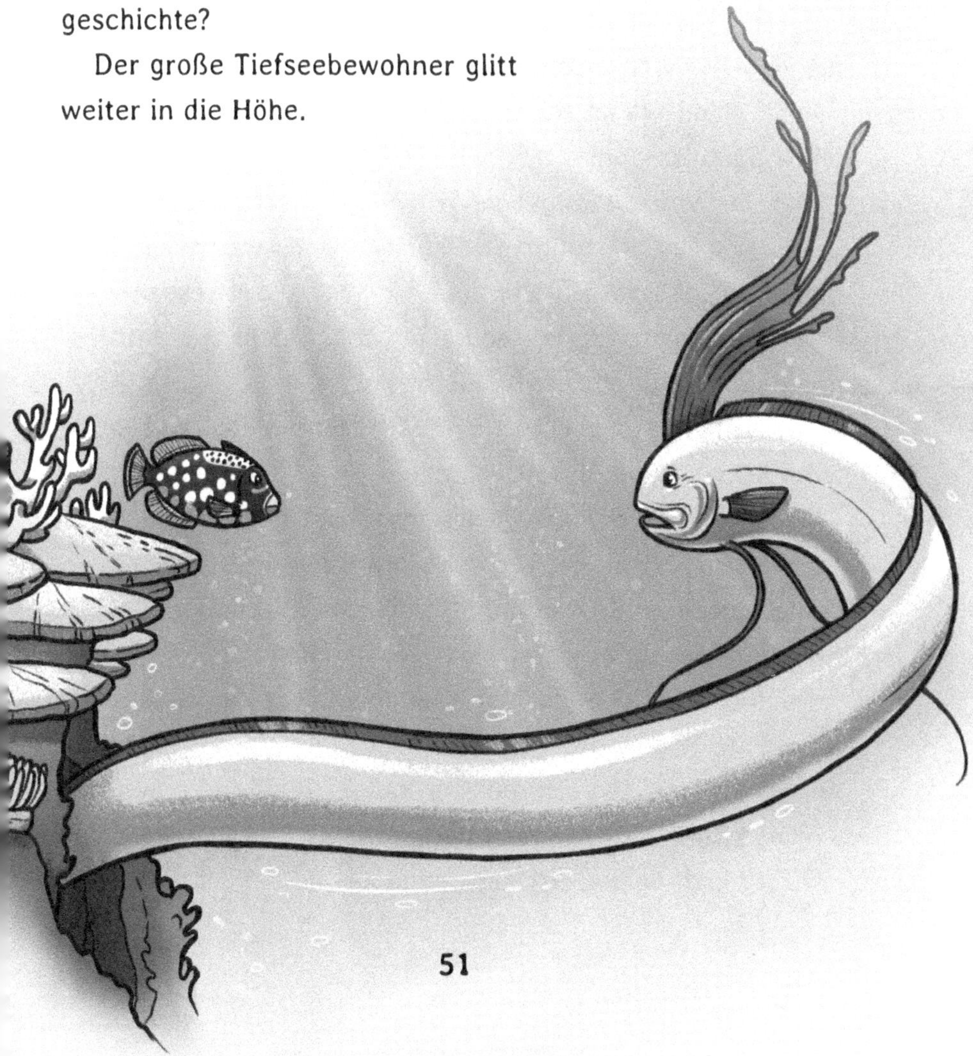

»He!«, rief Zacky. »Warum gehorchst du eurem Lied nicht? Warum suchst du nach einem Lichtengel, wenn du dich selbst auffressen solltest?«

»Ich habe das so beschlossen. Ich will mich nicht selbst auffressen. Ich will stattdessen lieber den Engel des Lichts finden. Dort wo ich lebe, heißt es, dass er einen in sich aufnimmt, wenn man ihn trifft. So wie wir euch, wenn ihr tot zu uns herabsinkt.«

Jetzt verstand Zacky. Der Riesenkerl wollte sich offenbar aus dem Wasser in die Sonne werfen. Natürlich erstickte man da. Und vielleicht war das ja wirklich besser, als sich selbst aufzufressen.

Wir dürfen nicht aufgeben! Wir müssen nicht sterben!

»Es gibt eine Rettung«, rief Zacky. »Und zwar ohne Lichtengel, ohne Abkratzen und ohne sich selbst auffressen!«

Doch das seltsame Wesen hörte wieder nicht zu. Stattdessen klirrte es plötzlich: »Da ist er!«

Der lange Fisch schnellte in die Höhe. Jetzt kam auch seine Schwanzspitze zum Vorschein.

Zacky war inzwischen fast sicher, dass der Besucher aus der Tiefsee vor Hunger verrückt geworden war. So wie auch Heuler durchdrehte und die Muräne und überhaupt alle, die ihm heute begegnet waren, Scir ausgenommen.

Doch dann blickte Zacky auf und sah, was der dunkle Engel meinte. Durch das Wasser an der Meeresoberfläche glitt ein gewaltiger Schatten, dessen Ränder in allen Farben des Ozeans blinkten und leuchteten.

»Der Lichtengel!«, rief der Engel der Dunkelheit. »Oh, was

für ein Glück.« Er schwamm auf das Blinken zu. »Lichtengel! Warte auf mich. Ich bin gekommen, um dich zu sehen. Es ist mein letzter Wunsch.«

Wie zur Antwort passierte etwas, das Zacky nie wieder vergessen würde. Eine laute Musik setzte ein und brachte das Wasser zum Beben. Es klang nicht wie eines der Lieder, die die Fische in ihren Sippen weiterreichten. Dieses war eine andere, unheimliche Musik, die Zackys Körper zur Flucht trieb. Er musste seinen ganzen Willen aufbieten, um das Geschehen weiter zu beobachten.

Waren Lichtengel immer so unheimlich?

Und wieso tauchte so einer genau jetzt auf?

Dem Engel der Dunkelheit schien das alles nichts auszumachen. Er schwamm weiter eilig hinter dem Lichtengel her.

Doch er würde ihn nicht einholen. Wenn der Engel der Dunkelheit ein Riese war, war der Lichtengel ein Gigant. Er überragte den Engel der Dunkelheit wie das Riff einen großen Hai.

Zacky hörte, wie der Engel der Dunkelheit dem anderen nachrief: »Warte, nimm mich mit! Deinetwegen bin ich gekommen.«

Aber der seltsame Schatten war zu schnell. So plötzlich, wie es aufgetaucht war, verschwand es wieder und nahm seine grollende Musik mit sich.

Zacky war vollkommen verwirrt. Bis vor Kurzem hatte er gedacht, das Riff in- und auswendig zu kennen. Und nun begegneten ihm gleich zwei Wesen, die er noch nie zuvor gesehen hatte.

In diesem Moment durchzog ein bitterer Geschmack das Meer, und etwas Beißendes drang in Zackys Kiemen. Zacky wandte sich ab und schnappte nach frischem Wasser.

Der Riese mit dem roten Kamm stand still über ihm.

Der Arme!

Zacky schwamm zu ihm.

»Er ist zu schnell für mich«, seufzte das seltsame Wesen klirrend. »Ich wollte zu ihm. Ich wollte mich in sein Licht werfen und für immer bei ihm bleiben.« Der Engel der Dunkelheit sank tiefer. »Dann werde ich mich wohl doch auffressen müssen.«

»Warte mal!«, rief Zacky ihm nach.

»Warum?« Der silberne Riese stand still. Sein roter Kamm wogte im Wasser.

»Ich kenne auch eine Geschichte vom Licht«, sagte Zacky. »Meine Mutter hat sie mir vorgesungen. Und ich muss das allen hier erzählen, weil es darin einen Ausweg gibt. Dabei könnte ich deine Hilfe gebrauchen. Hier oben!«

»Ich bin auf dem Weg in den Tod, hast du das vergessen?«, fragte der Engel der Dunkelheit.

»Warum willst du denn schon aufgeben? Unser Riff stirbt, und deswegen kommt bestimmt auch kein Futter mehr bei euch unten an, aber das muss nicht unser Tod sein. Wir können das zusammen bewältigen.«

»Du willst den Tod bewältigen?« Der große Fisch sirrte und klirrte erneut, und es klang wie ein verrücktes Lachen.

»Ja«, sagte Zacky. »Ich will noch nicht sterben.«

»Und wie soll ich dir dabei helfen?«

Zacky zögerte nicht mit der Antwort, denn das hatte er sich bereits überlegt. »Ich weiß nicht, ob die anderen mir folgen werden. Aber wenn du ihnen erzählst, was in der Tiefe passiert, steigen die Chancen.«

Der Engel der Dunkelheit sah Zacky aus seinen roten Augen an und ließ den Blick dann an die Meeresoberfläche wandern. »Vielleicht treffe ich den Lichtengel ja noch einmal, wenn ich ein Stück mit dir komme. Vielleicht hat er dich mir geschickt, um mir diese Hoffnung zu geben.« Er schob seinen langen Körper wieder in die Höhe. »Wie ist dein Name?«

»Zacky«, sagte Zacky.

»Ich heiße DonDon. Und ich werde dir so lange helfen, bis ich mein Ziel erreicht habe.« Sein roter Kamm leuchtete hell, und sein langer Körper glitzerte silbern über den weißen Korallen. Die Sonne stand jetzt hoch über ihnen. In ihrem Licht glänzte das Riff bis auf wenige verbliebene Farbflecken kalkweiß.

DonDon sah gar nicht aus wie ein dunkler Engel, dachte Zacky. Ganz im Gegenteil.

»Dann lass uns die Putzstation suchen«, bestimmte Zacky. »Wir müssen allerdings die ganze Riffkante abschwimmen. Und die müssen wir auch erst finden. Ohne die Farben weiß ich nicht, wo wir sind.«

»Ich habe den Weg aus der Tiefe hierhergefunden. Dagegen ist das ein Klacks«, sirrte DonDon.

Das werden wir noch sehen, dachte Zacky.

Dann setzte er sich in Bewegung.

8.

STERBELAGER

Ohne Orientierungspunkte glich das Schwimmen über dem toten Korallenriff einer Irrfahrt. Alles sah gleich aus, weiß und reglos erstarrt. Auch die Gerüche waren verschwunden. Hätte es die Meeresströmung nicht gegeben, hätte Zacky vielleicht nicht einmal bemerkt, ob sie aus Versehen im Kreis schwammen. Doch mit ihrer Hilfe erreichten DonDon und er nach einiger Zeit eine der Riffkanten.

Ratlos sah Zacky zu beiden Seiten.

»Ich weiß nicht, welches die richtige Richtung ist.«

»Vielleicht gibt es diese Putzstation auch gar nicht mehr«, klirrte DonDon. »Warum sollten dort noch Fische leben, wenn hier alles stirbt?«

»Weil es da Futter gibt!«, erklärte Zacky. »Jedenfalls halte ich das für wahrscheinlich. Solange noch ein paar größere Fische leben, werden sie auch ihre Parasiten dabeihaben. Und die sind jetzt ganz bestimmt kostbarerer denn je. Aber wenn wir die falsche Richtung einschlagen, wird es ein langer Weg.«

In diesem Moment drang von der linken Seite des Hangs

ein lautes Heulen zu ihnen durch. »Tut mir leid, es tut mir leid ...«

Zacky fuhr herum. Doch das Heulen kam nicht aus ihrer Nähe. Und es klang auch gar nicht wie Heulers übliches Hungergeheul. Eher vollkommen panisch.

»Wer ist das?«, fragte DonDon und schüttelte sich, sodass sein roter Kamm wild durch das Wasser zog.

»Das ist Heuler.« Zacky versuchte, sich die Angst, die ihn schlagartig gepackt hatte, nicht anmerken zu lassen. »Er wollte mich eben noch fressen, aber jetzt klingt er, als sollte er gefressen werden. Das ganze Riff ist ein einziges Sterbelager.«

»Das wundert mich nicht«, sagte DonDon. »Auch bei uns in der Tiefe sind die Jäger hungrig wie nie.«

»Heuler ist ein Hai«, sagte Zacky.

»Oh! Aber wer sollte einen Hai fressen?«

»Niemand!«, knarrte da eine Stimme vom Meeresgrund.

Zacky erkannte sie sofort.

»Scir! Scir, da bist du! Scir, du lebst!« Zacky schlug vor Freude einen Salto, auch wenn ihm sofort danach jeder Muskel wehtat. Die Flucht vor Heuler steckte ihm in den Gräten.

»Warum auch nicht«, kam es zurück. »Aber ich bin froh, dass du endlich zurückgekommen bist. Ich hab mich schon gefragt, wo du bleibst.«

»Du hast keine Angst gehabt, dass Heuler mich erwischt haben könnte?«

»Natürlich nicht! Nicht nach dem, was da hinten gerade

passiert ist. Das hätte Heuler nie gewagt, wenn er dich gefressen hätte.«

»Was hat er denn getan?« Zacky tauchte hinunter zu Scir. Das Steinfischmädchen lag gut getarnt zwischen einem grauen Stein und einem toten Korallenbaum.

Scir verzog ihr mürrisches breites Maul. »Er wollte einen Putzerfisch an der Reinigungsstation fressen.«

Zacky spuckte vor Schreck das warme Wasser aus, das er gerade durch seine Kiemen fließen lassen wollte. »Scir, wir müssen sofort da hin!«

DonDon starrte ihn fragend an. »Ich denke, dieser Heuler wollte dich auch fressen. Wieso schockiert es dich dann, dass er andere fressen will? Hunger ist Hunger, oder?«

»Doch nicht an der Putzstation!« Zacky merkte, dass seine Stimme ganz zittrig klang. Sie klirrte beinahe wie DonDons. »Scir, wir müssen da sofort hin!«

»Du willst zu einem, der dich fressen wollte?«, fragte DonDon. »Bist du vielleicht doch ein bisschen durcheinander?«

Scir gluckste. »Das war er schon immer.« Sie grinste Zacky zu. »Erklär deinem neuen Kumpel ruhig, was eine Putzstation ist. Und mir vielleicht auch gleich mit, warum wir dorthin sollen. Da hinten ist die Situation eh festgefahren. Heuler klebt mit dem Rücken an der Wand, und die anderen lassen ihn nicht mehr weg. Es ist ein ziemlich durchgeknalltes Schauspiel. Aber nach einer Weile ist mir beim Zuschauen trotzdem langweilig geworden. Keine echte Action, wenn ihr versteht, was ich meine. Da kann nämlich rein logisch gar nichts passieren.«

»Aha?«, machte Zacky.

»Aha!«, bekräftige Scir. Sie sah zu DonDon. »Du kennst keine Putzstationen, was?«

»Nein. Was ist denn da so besonders?«

»An der Putzstation treffen sich alle, an denen sich Parasiten festsaugen, mit Fischen und Krebsen, die ihnen die abfressen«, erklärte Zacky. »So werden die Putzerfische satt, und die anderen sterben nicht am Befall von Würmern und Blutsaugern.«

»Und das klappt, ohne dass einer einfach den anderen frisst?«, staunte DonDon.

»Natürlich, sonst würde es doch die Station nicht geben!« Scir schüttelte den Kopf.

Zacky trommelte mit den Zähnen. »Wer versucht, einen Putzerfisch zu fressen, wird nicht wieder geputzt. Dann stirbt er irgendwann an den Parasiten. Und wer als Putzer etwas von einem Futterträger abbeißt, der wird nicht mehr zum Putzen genommen und verhungert.«

»Respekt«, murmelte DonDon. »Das ist eine mir unbekannte Idee.«

Scir beobachtete DonDon aufmerksam. »Dann kommst du wohl aus der Tiefsee?«

»Ja, ich komme aus der Dunkelheit«, klirrte DonDon. »Und du siehst aus wie ein Felsbrocken. Seltsame Gestalten habt ihr hier.«

Scir musterte DonDons meterlangen roten Kamm und verzog das Maul. »Wenn du meinst, Rotauge.«

»Das ist DonDon«, erklärte Zacky. »Er ist nach oben gekommen, um sich ins Licht zu werfen, anstatt sich selbst aufzufressen.« Er sah Scirs verwirrten einäugigen Blick. »Das tun sie in seiner Familie, wenn sie merken, dass ihr Leben zu Ende geht. Aber er wollte lieber, na ja, anders sterben. Nämlich im Licht.«

»Interessanter Gedanke«. Scir nickte anerkennend. »Auch wenn er nicht ganz aufgegangen zu sein scheint. Also, wenn es dann doch ans Selbstauffressen geht, könnte ich ein Stück abhaben?«

DonDon starrte Scir misstrauisch an.

Das Steinfischmädchen verzog ihr mürrisches Maul zu einem fiesen Grinsen. »War ein Witz. Jedenfalls im Moment noch.« Sie wurde ernst. »Da unten also auch?« Zum ersten Mal an diesem Tag klang sie betrübt. »Das wusste ich nicht.«

Plötzlich grub sie sich aus dem Sand. »Was willst du an der Station, Zacky? Parasiten fressen? Da gibt dir keiner was ab. Es könnte sogar ziemlich gefährlich werden.«

»Wieso? Eben hast du gesagt, es war langweilig!« Zacky schwamm näher an ihr verbliebenes Auge. »Was ist denn da los? Lass dir nicht jedes Wort aus der Riechgrube ziehen.«

Scir schaukelte in einer der zu warmen Wellen ungnädig hin und her. »Heuler hat den Putzerfisch noch immer im Maul. Genauer gesagt, er hat ihn zwischen seinen Zähnen eingeklemmt. Er traut sich nicht, ihn zu fressen, weil die anderen drohen, ihn dann wegzujagen. Und er weiß genau, dass er ohne das Riff verloren ist. Er traut sich aber auch nicht, den Putzer frei zu lassen, weil er denkt, die anderen

warten nur darauf, um ihn dann trotzdem wegzujagen. Außerdem hat er einfach Hunger ...«

DonDon schwang seinen roten Kamm. »Das wird sich alles von selbst erledigen, wenn der Fisch zwischen den Zähnen vor Entkräftung oder vor Angst stirbt. Dann ist das Warten vorbei.«

»Es ist noch schlimmer«, fuhr Scir fort. »Keiner lässt sich mehr putzen oder putzt. Alle starren nur Heuler an, und Heuler starrt zurück. Und dabei werden alle immer hungriger. Das sind sie sowieso schon, weil das halbe Riff verschwunden scheint. Deswegen habe ich mich auch eigentlich verzogen. Ich wollte weg sein, bevor alle übereinander herfallen. Wenn Heuler den Putzer frisst oder der stirbt, gibt es kein Halten mehr.«

»Aber dann sind wir verloren!«, rief Zacky.

Scir blickte in die weiße Welt rund um sie herum. »Sieht es nicht so aus, als wären wir das ohnehin schon?«

»Nicht wir, nur das Riff ist verloren«, sagte Zacky. »Aber wenn wir aufhören, uns an die Regeln zu halten, ist es das Ende für alles Leben.«

Scir musterte ihn. »Und was schlägst du vor?«

»Wir müssen Heuler überreden, den Putzerfisch freizulassen. Und wir müssen allen erklären, dass es eine Rettung jenseits des Riffs gibt.«

DonDon ließ seinen roten Kamm im Wasser wedeln und setzte sich in Bewegung. »Ich weiß nicht, ob deine Idee funktionieren kann, Zacky. Aber versuchen wir es. Ich bin neugierig, wen ich dabei noch alles kennenlerne.«

Scir schwamm ebenfalls los. »Wenn ich wegen dir gleich gefressen werde«, sagte sie leise zu Zacky, »ohne dass ich deine Strophe kenne, wäre mein Leben dann nur halb so schön oder schöner gewesen? Was meinst du?« Sie grinste Zacky mürrisch an.

Zacky schüttelte sich. »Wir werden nicht gefressen«, sagte er und hoffte fest darauf, dass er recht hatte.

9.

DIE LETZTEN STROPHEN

Als Zacky, Scir und DonDon die Putzstation erreichten, sah es dort kein bisschen aus wie sonst. Normalerweise schwammen die größeren Fische in den Trog am Riffhang und zeigten sich den Putzern, indem sie das Maul weit öffneten. Dann tanzten die Putzerfische zunächst eine Weile vor dem aufgerissenen Maul herum, um ihre friedlichen Absichten zu bestätigen, bevor sie in die Mäuler vordrangen. Dort fraßen sie hängen gebliebenes Fleisch zwischen den Zähnen genauso wie jeden Parasiten, den sie finden konnten. Auch die Kiemen der großen Fische befreiten sie von unliebsamen Mitbewohnern. Und natürlich wurden am Ende noch die Parasiten auf der Außenhaut verspeist.

Neben den vielen Putzerfischen waren in der Putzstation auch einige Garnelen mit ihren feinen Scheren und Mäulern als Putztrupp zugange. Dabei konnte der Kampf um die besten Bissen sogar dazu führen, dass Putzbedürftige mit kleineren Parasiten im Schnellmodus bedient wurden. Dicke Parasiten schmeckten einfach besser als fauliges Fleisch zwischen den Zähnen oder dünne Würmer in Wunden und Kiemen.

An diesem Tag aber putzte keiner einen anderen. Alle starrten auf Heuler. Der Wanderhai schwamm mit ruckartigen Bewegungen vor einer Korallenwand hin und her, deren oberer Teil sich bereits weiß verfärbt hatte. Zacky sah, wie aus den Korallen darunter die winzigen Algen flohen. Auch dieser Teil des Riffs lag im Sterben. Aber darauf schien niemand zu achten.

Kein Wunder, denn der Anblick, der sich ihnen bot, war fast genauso bedrohlich. Zumindest für alle, die die Regeln des Riffs kannten und respektierten.

Zwischen Heulers Zähnen klemmte ein schwarzgelber Putzerlippenfisch und zitterte um sein Leben. Jede winzige Bewegung von Heulers Maul in die falsche Richtung würde den Fisch sofort zerteilen.

Zacky kannte den vor Angst Erstarrten. Er hieß Sweeper und hatte ihm schon oft tote Hautteile vom Körper gezupft.

Direkt vor Heuler schwamm ein Rochenweibchen, das bedrohlich seinen Schwanz mit dem Giftstachel schwang. Zacky sah, dass die Röchin eine kleine Beule am Bauch und am Rücken hatte, was bedeutete, dass sie Kinder bekommen würde. Vielleicht war sie deswegen besonders wütend auf Heuler. Um sie herum schwammen die anderen Putzerfische und ein paar Riffbewohner. Insgesamt waren es sehr viel weniger Fische als sonst, doch sie alle waren in absoluter Alarmbereitschaft.

»Waren hier vorhin auch nur so wenige, oder sind sie abgehauen, Scir?«, flüsterte Zacky.

»Es waren die ganze Zeit nicht mehr«, seufzte sie.

»Aber wo sind denn alle?«

»Das siehst du doch«, murmelte Scir. »Sie verschwinden in irgendwelchen Mäulern.«

»Du meinst, man wird gefressen oder man stirbt, weil man nichts mehr zu fressen findet?«, fragte Zacky.

»Das meint sie nicht nur, so ist es«, klirrte DonDon. »Genau wie bei uns in der Tiefe.«

»Mach das Maul auf, Heuler!«, rief da die Röchin.

»Es tut mir leid!«, quetschte Heuler hervor. »Es tut mir so leid.«

»Wenn du ihn frisst, stirbst du«, warnte sie und hob drohend ihren Schwanz.

»Es tut mir leid!« Heuler schwang herum. Er schien überhaupt nicht gehört zu haben, was das Rochenweibchen gesagt hatte.

»Und nun?«, flüsterte Scir. »Wenn Heuler Sweeper frisst, dann werden alle übereinander herfallen. Dann fressen ihn die anderen oder er sie. Die Putzstation wird ein Ort des Todes, noch bevor das Riff endgültig stirbt.«

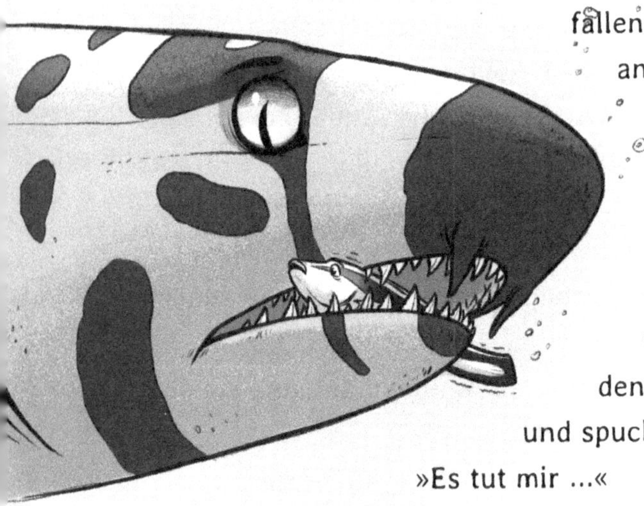

Die Röchin richtete ihren Stachel auf den Hai. »Sei still, Heuler, und spuck ihn aus!«

»Es tut mir ...«

Etwas muss passieren! Jetzt!

Zacky schwamm zwischen die beiden.

»Heuler«, rief er. »Du bist nicht der Einzige, der Hunger hat. Alle haben Hunger. Und wir werden immer weniger.«

Heuler starrte Zacky an.

»Es tut mir leid!«

Es hatte keinen Sinn.

»Warum sagt er ständig dasselbe?«, hörte Zacky DonDons klirrende Stimme.

»Das macht er immer, wenn er Hunger hat«, erklärte Scir.

»Und sonst nicht?«, fragte DonDon.

»Nie!«, erwiderte Scir. »Nur, wenn er fressen will.«

»Vielleicht ist es ja ein Teil seines Liedes, das ihm durch den Kopf geht«, überlegte DonDon. »Manchmal, wenn ich Hunger habe, singe ich mein Lied auch vor mich hin. Einige bei uns in der Tiefe machen das so.«

»Eine interessante Idee, Rotauge!«, sagte Scir.

Das fand Zacky auch. Plötzlich fragte er sich, warum er nicht selbst darauf gekommen war. Es stimmte, Heulers Jammern klang wirklich wie ein etwas merkwürdiger Gesang. Und er selbst wurde ja auch mitunter von seinem Lied gefangen genommen, wenn er eigentlich hungerstill sein sollte, um nach Futter zu suchen. Zacky kannte Heuler nicht besonders gut, und er hatte auch noch nie etwas darüber gehört, ob der Hai ein Lied hatte. Aber wenn es so war, konnte Zacky ihn vielleicht auf dieselbe Weise erreichen. Es war einen Versuch wert und vielleicht sogar ihre einzige Chance.

Entschlossen schwamm Zacky bis vor das Maul des Hais. Normalerweise hätte er sich nie getraut, vor allen zu singen, aber nun war das sein kleinstes Problem. Vor ihren Augen wurde das Riff jede Minute weißer, und alle starrten nur Heuler an und waren kurz davor, sich gegenseitig anzugreifen und zu fressen.

Zacky stellte sich auf den Kopf, trommelte vor Heuler mit

den Zähnen und fing dann an zu singen, zum allerersten Mal in seinem Leben nicht die Strophen seiner Vorfahren, sondern seine ganz eigenen Worte:

»So wütend stürzt das knochenweiße Licht auf unser Riff,
wie tausend Haie, die mit tausend Stürmen
und mit heißen Wellen, größer als ein Wal,
zerschmettern, was es war und ist.
Und Hitze, übersonnenwarm, kocht uns im Wasser,
vernichtet unsre Lebensfreude und jeden Brauch,
an den wir uns sonst hielten.
Hör zu jetzt, Heuler, hör mir zu und schweige
und lass den Fisch frei!
Denn wenn du's nicht tust,
wird hier gleich ein jeder jeden andern fressen.«

Zacky hatte nicht über die Worte nachgedacht, die er Heuler sagen wollte. Er hatte sie einfach im Rhythmus, der ihm in den Sinn gekommen war, hervorgestoßen. Und das hieß, er hatte gesungen!

Er hatte seine erste eigene Strophe des Familienliedes gesungen!

Im entscheidenden Moment!

Und das Lied war zu ihm gekommen, ganz ohne Nachdenken. Die Worte waren direkt in seinem Herzen entstanden.

Er hielt den Atem an. Alle starrten ihn an – sogar Heuler hatte seine blauen Augen auf ihn gerichtet.

Das Lied hatte ihn aus der Hungerstille geholt.

»Was singst du da?«, keuchte er.

Zacky trommelte. Auf einmal war er wieder nervös.

Es gibt kein Zurück mehr! Das ist die einzige Chance!

»Ihr müsst wissen«, begann Zacky, »ich begegne dem Tod heute nicht zum ersten Mal. Das ist ein Tod, der alle zugleich ereilt und nicht nur einen alleine. Aber es gibt eine Rettung! Was in unserem Riff geschieht, ist schon woanders geschehen.«

»Und woher weißt du das, Zacky?« Es war die Röchin, die fragte. Ihre Stimme klang misstrauisch.

»Aus dem Lied meiner Mutter«, sagte Zacky.

»Du hast das also gar nicht selbst erlebt?«

Scir sprang Zacky bei. »Keiner von euch kennt alle Strophen seines Lieds aus eigener Erfahrung, und dennoch hält sich jeder daran, wenn er klug ist.«

»Das stimmt«, jammerte Sweeper in Heulers Maul. »Zum Beispiel frisst man keine Putzerfische!«

Zacky sah zu ihm und Heuler. Doch Heuler reagierte nicht auf Sweepers Worte. Er starrte Zacky nur weiter an.

»Der Tod aus dem Lied meiner Mutter kam als heller Blitz aus einem Ding, das die Menschen gemacht haben«, fuhr Zacky fort. »Ich habe ihn viele Male in den Bildern ihrer Strophe gesehen. Er war heller als tausend Sonnen. Er kam aus der Tiefe unter dem Riff und hat alles gepackt. Er hat meinen Vater aus dem Ozean gerissen. Keiner hat ihn je wiedergesehen. Und er ist auch auf meine Mutter und mich zugerast!«

»Dann hast du es also doch erlebt!«, rief DonDon, der

nicht länger an sich halten konnte. Der riesige Fisch schlängelte sich aufgeregt hin und her. »Und du hast ein mächtiges Licht gesehen!«

»Ich muss es gesehen haben, aber ich war viel zu klein, um mich zu erinnern«, sagte Zacky. »Trotzdem weiß ich, was passiert ist. Der Blitz raste über meine Mutter hinweg auf mich zu. Er brach sich an einem Felsen hinter mir und kehrte zurück und verbrannte mich. Er hat dort, wo er mich traf, alle meine Farben aufgelöst und sie zu Schwarz verschmolzen.«

DonDon wand sich, als er das hörte. »So etwas muss wehtun!«

»Meine Mutter hat gesagt, ich habe vor Schmerzen so laut geschrien, dass sie nichts anderes mehr gehört hat. Und deswegen bin ich auch nur auf einer Seite schwarz. Denn mit meinem Schrei hat sie ihr Maul aufgerissen und mich eingesaugt.«

»Sie hat dich beschützt!«, rief die Röchin. »Sie hat dich mit ihrem Körper beschützt!«

Zacky hob und senkte den Kopf mit einer Welle, die durch ihn fuhr.

»Das hat sie. Als sie mich wieder ins Wasser gespuckt hat, konnte ich mich an nichts erinnern. Und dabei hat sie es lange belassen. Sie hat mir nicht erzählt, was passiert war. Aber sie hat darüber eine Strophe gemacht!«

Zacky zögerte nicht mehr. Er begann die letzten Strophen des Liedes der Leoparden-Drückerfische zu singen:

»Hell ist es, wie kein Drückerfisch es je gesehen,
hell, und im selben Augenblick zerbersten
die Korallen.
So wütend stürzt das Licht auf unser Riff
wie tausend Wale, die mit tausend Stürmen
und mit tausend Wellen auf uns stürzen.

Doch ob es dunkel oder Licht, was immer es
auch sei!
Dich rette ich, solange ich dich retten kann,
mein Zacky,
und wir leben weiter, mit allem, was geschah.
Du bist mit deinem Zwiegesicht das Wesen,
das von einst und heute weiß und auch in Zukunft
nicht vergessen wird, was es zum Überleben braucht.

Du bist, was wir an Liebe und an Hoffnung
unsrer Zukunft mitgegeben! Und du musst wissen:
Wenn ein Tod, der größer als der Tod von einem ist,
ein Tod, der alles mitreißt, was am Leben ist,
wenn so ein Tod sich nähert,
ein Tod, der aus der Tiefe kommt,
vielleicht vom Menschen ausgelöst,
dann liegt die letzte Rettung in der Flucht.

Die Heimat liegt in unsrem Inneren,
wenn der Ort verloren ist,
an dem wir uns zu lieben lernten.

Den wir verlassen müssen dann!
Und nur, wer diesen Ort und seine Liebe
mit sich tragen kann, wird weiterleben, wird ein
Survivor sein.«

Zacky schwieg, und wieder herrschte unter den Fischen tiefe Stille.

»Ja, ich verstehe«, sagte Scir dann plötzlich. »Euer Lied erzählt, wie man etwas sehr Schlimmes überleben kann. Und es sagt, dass du weißt, wie es danach eine Zukunft gibt. Wir müssen weg. Wir müssen die Survivors werden.«

Zacky blickte dankbar zu ihr.

Im selben Augenblick sperrte Heuler das Maul auf, und der kleine Putzerfisch torkelte zwischen den Zähnen hervor.

»Du hast ein Lied für mich gesungen!« Heulers Stimme zitterte. »Für mich!«

»Für uns alle!«, sagte Zacky. Er blickte sich um. Die Meeresbewohner in der Reinigungsstation schwiegen, aber es war eine andere Stille als die vor dem Fressen.

Plötzlich legte sich ein dunkler Schleier über Heulers Augen. »Mein Lied ...«, stammelte er. »Es tut mir leid!«

»Nicht singen!«, sagte Zacky. »Sing jetzt nicht!«

»Es tut mir ...«, schluchzte Heuler. Doch dann verschluckte er das letzte Wort und sagte stattdessen: »Es ist unser Lied, das Lied meiner Familie. Es hat nur diese eine Zeile. Ich kenne keine andere, und der Hunger zwingt mich, sie zu singen. Und ich fühle mich, als müsste ich die ganze Zeit singen.«

10.

NEUN MILLIONEN JAHRE

Die Fische, die sich in der Putzstation versammelt hatten, sahen einander an.

»Der Hunger ist wirklich schrecklich«, sagte Sweeper, der Putzerfisch dann plötzlich. »Ich hätte, ehrlich gesagt, nur zu gerne ein Stück von Heuler abgebissen.«

»Es geht allen so!« Zacky schwamm zwischen die anderen. »Heuler wollte mich fressen, und ich bin ein wirklich kleiner Happen für ihn. Und ich habe zwei Schnecken dazu gebracht, dass sie Heuler fressen wollten. Alles ist durcheinander. Aus der Tiefe kommt kein Plankton mehr, die Algen verlassen die Korallen, und DonDon ist nach oben gekommen, um sich in die Sonne zu werfen, ehe er sich selbst auffrisst.«

Heuler sah den riesigen Fisch an und sperrte sein Maul auf. »Dann könnte ich das doch ...«

»Nein!«, rief Zacky. »Wenn wir so weitermachen, bleibt keiner von uns übrig.«

»Dann müssen wir einander eben versprechen, uns nicht zu fressen.« Die schwangere Röchin sah sich auffordernd um.

»Der Hunger wird nicht kleiner, er wird größer«, knurrte Scir. »Und je größer der Hunger, desto wirkungsloser die Versprechungen.«

DonDon, der lange geschwiegen hatte, schob sich ein Stück in die Höhe. Sein roter Kamm zog hinter ihm her. »Das ist nicht alles«, klirrte er. »Selbst wenn ihr eure Versprechen haltet, wird es andere geben, die nicht daran gebunden sind. Ich bin einer, der aus der Tiefe kommt. Es werden mehr kommen. Andere. Der Hunger in der Tiefe ist gewaltig.«

»Aber ohne Riff gibt es keinen Schutz«, rief die Röchin.

»In einem toten Riff gibt es auch kein Leben und keinen Schutz.« Zacky schwamm neben DonDon.

»Aber ...«, begann die Röchin erneut.

»Du hast Zackys Lied doch gehört«, unterbrach sie Scir. »Es ist ein gutes Lied!«

»Es ist ein wahres Lied«, sagte Heuler plötzlich.

»Und woher willst du das wissen?«, rief Sweeper und schwamm dann schnell ein Stück weiter von Heuler weg, als der Hai ihn ansah.

»Es ist so ... Meine Familie ... Wir waren früher ganz woanders. Ich weiß nicht, wo, es ist sehr lange her. Neun Millionen Jahre.«

DonDons Stimme klirrte. »Das ist länger, als der Ozean tief ist! Wieso kannst du dich daran erinnern mit einem Lied, das nur aus einer Strophe besteht?«

»Weil unsere Geschichte in dieser einen Strophe verborgen liegt«, erwiderte Heuler leise. »Es ist eine so traurige Geschichte, dass wir es nicht aushalten, mehr als diese Strophe zu singen. Und selbst die singen wir nur, wenn wir es nicht richtig merken.«

»Interessant!« Neugierig schwamm Scir näher und richtete ihr Auge auf Heuler. »Und warum ist Zackys Lied wahr?«

»Weil ...«, murmelte Heuler. Er schüttelte sich, klappte das Maul auf und wieder zu und schluckte einen Schwall Meerwasser. »Wir waren eine große Sippe. Keiner weiß, woher wir stammen. Aber wir mussten dort weg.«

»Warum?«, fragte Scir.

»Weil die Welt kaputt ging.« Heuler wurde jetzt etwas ruhiger. »Etwas kam aus der Tiefe. Eine heiße Masse, ein Feuer, schwarzes Wasser. Ein Tod, der alle zugleich bedrohte. Meine Familie musste fliehen, doch wir kamen nicht weit. Eine Landzunge erhob sich vor uns, und das Verderben hinter uns kam immer näher. Und da haben wir es gewagt.«

»Was?«, fragte Scir.

»Wir, wir sind ...« Heuler bewegte seine Flossen. Dann schluchzte er wieder: »Es tut mir leid!«

Doch diesmal kümmerte sich keiner darum.

»Ihr seid über Land gelaufen?«, fragten Scir und Zacky stattdessen wie aus einem Mund.

Heuler sah die beiden an. »Es tut mir leid ...«, stammelte er. »Ja, wir sind aus dem Wasser gesprungen und haben uns auf dem Land vorwärtsgerobbt. Aber nur wenige von uns, nur ein paar ...«

»Habt ihr den Lichtengel gesehen?«, rief DonDon klirrend. Er stand aufrecht im Wasser und starrte Heuler aus seinen kleinen roten Augen an.

»Nein, aber wir haben keine Luft mehr bekommen«, jammerte Heuler.

»Ihr habt es geschafft!«, rief Zacky

Heuler sah ihn unglücklich an. »Ganz wenige.«

»Dann ist eure Familie gestorben?«, fragte die Röchin leise.

Heulers Stimme brach beinahe. »Fast alle. Ein paar waren noch im Wasser geblieben und sind verbrannt. Ein paar lagen tot an Land. Es tut mir so leid!«

»Was tut dir leid, Heuler?« Scir schwamm auf den Hai zu.

»Sie haben gerufen: Ihr schafft es, ihr schafft es, geht weiter, ihr schafft es! Sie haben uns mit ihren Rufen vorangetrieben. Aber *sie* haben es nicht geschafft. Sie sind ....«

»Zurückgeblieben«, sagte DonDon klirrend.

»Alle tot«, schluchzte Heuler. »Keiner hat ihnen geholfen. Ein paar sind umgedreht, um sie mitzuziehen. Und sie sind auch alle erstickt. Keiner konnte dem anderen helfen.« Er brach in ein heftiges Weinen aus. »Wir haben unsere Familie zurückgelassen. Es tut mir so leid!«

Auf einmal verstand Zacky Heulers Worte genauso gut, als stammten sie aus seinem eigenen Lied.

»Du schämst dich, weil du zu denen gehörst, die überlebt haben?«

Heuler schwieg.

»Was hättet ihr denn tun sollen?«, rief Sweeper. Er hatte sich von der Todesangst etwas erholt und schwamm direkt neben dem Giftstachel der Röchin. Seine Stimme klang dünn und sehr leise. »Als ich zwischen deinen Zähnen war, konnte mich auch keiner rausziehen.«

»Ihr seid vor dem sicheren Tod geflohen«, sagte Zacky.

»Ja«, flüsterte Heuler. »Sie haben gerufen: Geht weiter! Und wir sind gegangen.« Heuler sah Zacky aus seinen blauen Augen an. »Es tut mir so leid.«

»Ihr seid gegangen, um zu leben«, flüsterte Zacky. »Und genau das müssen wir auch tun. Sofort!« Er drehte sich einmal um sich selbst und sah in die Runde. »Unser Riff stirbt. Aber noch können wir zusammen fliehen.«

Die Röchin starrte ihn an. »Du meinst alle? Alle Riffbewohner? Alle zusammen?«

»Ja«, sagte Zacky. »Denn sonst fressen wir uns!«

»Oder werden gefressen«, klirrte DonDon.

»Jane und June auch!«, sagte da eine Stimme hinter ihm. »Aber können nicht. Nicht schwimmen. Zu langsam.«

Zacky wandte sich um. Die beiden Kegelschnecken kamen mühsam über die weißen Korallenhügel herangekrochen.

»Zacky recht. Weg hier«, sagte die eine Schneckenschwester.

»Singzacky«, sagte die zweite. »Wir auch weg.«

Heuler jaulte auf. »Ich habe Hunger!«

Die Röchin ließ ihren Schwanz sinken. »Ich auch. Und meine Babys im Bauch.«

Zacky schöpfte Hoffnung. Die Riffbewohner schienen ihm zu folgen.

»Wir sollen unser Riff verlassen?«, zischte es am Rand des Trogs. »Wir sollen fliehen? Nur weil ein Leoparden-Drückerfisch ein paar Strophen gesungen hat?«

Eine große Drachenmuräne schob sich elegant neben DonDon. An ihrer Seite schwamm ihr Jagdpartner, ein mächtiger Riffbarsch, und gleich dahinter tauchte auch eine zweite Drachenmuräne auf. Es war die, die Zacky heute Morgen fast in ihrer Höhle verspeist hätte. Auf ihrem Kopf saß die Garnele, mit der sie zusammenlebte und die die Muräne genauso putzte, wie es die Putzerfische mit größeren Fischen taten.

»Uns bleibt nichts anderes übrig«, meldete sich DonDon zu Wort. »Bei uns in der Tiefe gibt es kein Futter mehr. Und wenn es kein Futter gibt, kommen die Jäger zu euch. Als Erstes die Squids.«

»Wer sind die Squids?«, fragte Scir.

»Die Squids sind die besten Jäger im Dunkeln«, antwortete DonDon. »Nur die großen Wale fressen sie. Sonst fressen sie die anderen. Und seit es so warm geworden ist, sind sie noch gefährlicher. Sie haben drei Herzen und ermüden nicht.« Er sah die Röchin an, und sein roter Kamm schwang im Wasser. »Sie zeugen viele Kinder, die alle fressen müssen. Sie verständigen sich mit rotem und weißem Licht. Ich bin schon oft vor ihnen geflohen, und ich rate euch, das auch zu tun. Zwischen den Korallen ohne Farbe kann sich keiner von euch verbergen. Wenn Zacky recht hat, wartet auf uns eine neue Heimat. Hier wartet nur noch der Tod.«

11.

RETTUNGSVERSUCH

DonDons Beschreibung der Squids ließ Zacky erzittern. Zwei Mal war er an diesem Tag dem Tod nur knapp entronnen, und er wollte auf keinen Fall ein drittes Mal zum Gejagten werden. Schon gar nicht von Jägern mit drei Herzen.

Doch nicht alle waren zur Flucht bereit.

Die, die Zackys Lied gehört hatten, hatte es erreicht. Aber die Neuankömmlinge an der Putzstation hatten ihre eigene Meinung. Und sie waren es gewohnt, anzuführen.

Sie sind selbst gefürchtete Jäger! Sie glauben an ihre eigene Stärke.

»Wir müssen nur dafür sorgen, dass das Sterben unseres Riffs ein Ende nimmt, dann bleiben auch die Squids in der Tiefe«, zischte die größere Muräne. »Und das können wir! Es gibt viele von uns, die Korallen hüten, pflegen und beschützen. So wie meine kleine Schwester Virginia heute Morgen ihren Garnelenfreund vor einem gefräßigen Leoparden-Drückerfisch.« Sie sah Zacky drohend an und schob sich auf ihn zu.

»Ich wollte die Garnele nicht fressen!«, rief Zacky schnell.

»Ich habe sie nicht mal gesehen. Da war Plankton in der Höhle, das wollte ich.«

»Du hast Glück, dass wir uns ausgerechnet an der Putzstation treffen«, erwiderte die Muräne ungerührt. »Sonst hättest du jetzt für deine Frechheit bezahlt. Aber deine Idee, gemeinsam etwas zu versuchen, ist gut. Allein wird es keiner schaffen. Nur zusammen können wir unser Riff retten!«

Zacky sah auf die winzigen Zooxanthellen, die hinter der Muräne weiter aus den Korallen flohen.

»Das Riff ist verloren. Wir können die kleinen Algen niemals alle in die Korallen zurückbringen!«

»Nicht alle, nur genug«, zischte die Muräne.

Ihre Schwester sprang ihr bei. »Die Krebse müssen sie mit ihren Tentakeln und Scheren wieder einpflanzen.«

»Ich bin dabei«, mischte der große Barsch sich ein. »Die Fische tragen die Krebse zu den Korallen, dann sammeln sie die Zooxanthellen ein, und die Krebse setzen sie zurück an ihren Platz. Wenn alle merken, dass wir ihnen helfen, bleiben sie hoffentlich zusammen.«

Das wird nie klappen! Es sind zu viele tote Korallen. Sie sterben viel zu schnell in der Hitze. Und wir sind zu wenige und alle überhitzt und hungrig.

Zacky sah zu Scir und DonDon. Beide blieben stumm und regten sich nicht. Merkten sie nicht, dass dieser Plan Wahnsinn war?

»Aber wir können doch die Wärme nicht verändern!«, rief Zacky.

Doch es hörte ihm keiner mehr zu. Die Idee, ihre Heimat

zu retten, hatte sich in Sekundenschnelle in die Herzen der Riffbewohner eingepflanzt. Mit Feuereifer machten sie sich an die Arbeit.

»Retten wir das Riff, retten wir das Riff!« So tönten die Stimmen, während Sweeper der Röchin bereits einige kleine Krebse auf ihren mantelförmigen Körper setzte. In Windeseile schwamm sie mit ihnen los.

Zacky wandte sich hilflos zu Scir. »Sie vergessen die Wärme! Die Algen werden wieder fliehen.«

»Das denke ich auch«, gab das Steinfischmädchen mürrisch zurück. »Aber die Muränenschwestern sind gute Anführerinnen. Und gemeinsam mit dem Barsch und der Garnele machen sie schon lange vor, wie man zusammenarbeitet.«

In diesem Moment fiel ein Sonnstrahl ins Wasser, der hellste, der den Ozean an diesem Tag erreicht hatte. Genau auf DonDons langen Körper. Doch der Engel der Dunkelheit brach nicht in Jubel aus. Er schaute nicht mal nach oben, sondern starrte auf das Riff. Zacky folgte seinem Blick und erschrak. Alles um sie herum war skelettweiß geworden.

Zacky schwamm schnell ein Stück Richtung Meeresoberfläche, um einen größeren Überblick zu gewinnen. Je höher er stieg, desto erschreckender breitete sich das Bild vor ihm aus. Inmitten einer bleichen, vollkommen farblosen Landschaft arbeiteten die Muränen und ihre Anhänger ein Stück über dem Trog, in dem sich die Putzstation befand.

DonDon und Scir kamen an Zackys Seite.

»Sie werden es nicht schaffen, das Geschehene zurückzudrehen«, murmelte Scir. »Das Riff ist verloren.«

»Und die Nacht wartet nicht«, fügte DonDon sirrend hinzu.

Jetzt kam auch Heuler zu ihnen geschwommen. Er blickte ebenfalls über die erstarrte bleiche Korallenlandschaft. »Es tut mir ...«

»Halt!«, sagte Scir. »Sie werden es irgendwann merken und aufgeben. Spätestens, wenn es dunkel wird.«

»Aber dann sind wir verloren«, ächzte Heuler. »Dann kommen diese ...«

»Squids«, klirrte DonDon.

»Bis dahin müssen wir vorbereitet sein«, erklärte Scir.

»Aber ...«, sagte Heuler.

»Es gibt kein Aber«, hielt ihm Scir entgegen. »Wir warten, bis alle mitkommen. Alleine hat keiner eine Chance.«

»Aber wie sollen wir uns vorbereiten?« Zacky sah sich hilflos um. »Ich kann meine Höhle nicht mitnehmen, ich kann sie nicht einmal mehr erkennen. Und Futter gibt es auch nicht.«

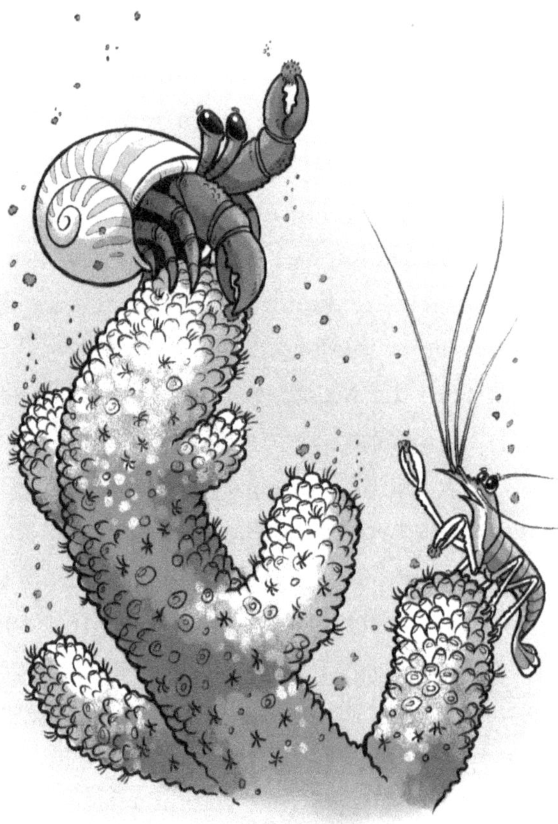

»Nein, kein Futter ... aber etwas anderes. Ich dachte, du bist das Doppelgesicht, das nicht vergisst, was wir zum Leben brauchen«, murmelte Scir.

Zacky überlegte und ging die Strophen seiner Mutter Zeile für Zeile durch. Es dauerte eine Weile, bis ihm ein Licht aufging.

»Na klar! *Und nur, wer diesen Ort und seine Liebe mit sich tragen kann, wird weiterleben ...* Wir müssen das Riff mitnehmen. Zumindest einen kleinen Teil davon. Bevor alle

Korallen tot sind, müssen wir die finden, die noch leben, und mit ihnen fliehen.«

»Genau«, sagte Scir. »Ich wusste doch, dass du ein kluges Kerlchen bist, Doppelgesicht.«

»Aber wie sollen die Korallen fliehen?«, sirrte DonDon. »Sie können sich nicht bewegen.«

»Und keiner von uns kann eine große Koralle tragen, außer vielleicht Heuler«, fügte Zacky hinzu. »Und außerdem bekämpfen sie sich, wenn sie zu nah nebeneinander wachsen. Jede will ihr Zuhause.«

Scirs Auge blitzte. »Wir nehmen die Polypen von den noch lebenden Korallentieren. Schon ein einziger jeder Art ist genug für eine Zukunft. Wenn wir einen Platz finden, wo wir sie niedersetzen können, und sie überleben, dann werden aus ihnen neue, große Korallentiere.«

»Aber die Korallenpolypen haben Gifttentakel«, jammerte Heuler.

»Ich weiß«, brummte Scir. »Und ein Maul. Das ist der Preis, den wir für die Hoffnung zahlen. Es wird vielleicht ein bisschen wehtun. Aber das bin ich bereit auf mich zu nehmen.«

»Du?« Zacky trommelte mit den Zähnen. »Wieso du?«

»Gibt es einen besseren Platz zum Schutz der Korallenpolypen als meine leere Augenhöhle?«, fragte Scir zurück.

»Du willst sie in deiner leeren Augenhöhle mitnehmen?« Zacky flüsterte es beinahe.

»Ja«, sagte Scir. »Ich weiß, was es heißt, etwas wie seinen Augapfel zu behüten. Ich habe es einmal nicht geschafft. Und ich werde es ganz sicher nicht ein zweites Mal nicht schaffen.« Sie wandte sich an DonDon und Heuler. »Findet sie und bringt sie zu mir.«

»Kommst du denn nicht mit?«, rief DonDon klirrend.

Scir ließ sich Richtung Meeresboden sinken. »Nein. Ich bin müde, und ihr werdet mich hier leicht wiederfinden. Außerdem will ich Abschied nehmen von meinem Lieblingsort.« Das Steinfischmädchen steuerte auf einen rötlichen Felsen zu und grub sich daneben in den Sandboden.

Zacky sah ihr nach. Noch nie hatte er sich mit Scir so verbunden gefühlt wie in diesem Moment.

Nimm auch für mich Abschied!

Dann drehte er sich um und machte sich gemeinsam mit Heuler und DonDon auf die Suche nach den letzten lebenden Korallen.

12.

DIE LETZTEN KORALLEN

Die Suche nach lebenden Korallenpolypen erwies sich für Zacky, DonDon und Heuler noch schwieriger als gedacht. In den letzten Stunden war das Sterben des Riffs sichtbar fortgeschritten. Nur ein paar einsam im Kalkweiß liegende Muscheln und die wenigen kraftlos herumtorkelnden kleinen Fische und Krebse brachten etwas Farbe in die Landschaft.

Plötzlich hielt DonDon inne.

»Siehst du einen?«, fragte Zacky.

Doch DonDon schaute nicht nach etwas, er lauschte.

»Ich dachte ...«, klirrte er und entspannte sich dann. »Nein, ich habe mich geirrt. Es war nur die Strömung zwischen den toten Korallen.«

»Du dachtest an die Squids!«, presste Heuler hervor. »Was sind das für Wesen? Was meintest du damit, dass sie in Farben sprechen?«

»Sie umkreisen einen und blinken dabei. Mit diesen Farbwechseln verständigen sie sich untereinander. Sie teilen sich auf und schlagen zusammen zu, ohne Erbarmen. Wenn einer von ihnen verletzt wird, fressen sie ihn selbst. Sie bewegen sich nach vorne und nach hinten. Sie sehen dem Tod furchtlos ins Auge.«

Heuler wirkte erschrocken. »Ich hatte dich nur nach der Sache mit dem Blinken gefragt.«

»Ja, aber das gehört alles zusammen«, sirrte und klirrte DonDon.

In diesem Moment erblickte Zacky einen blauen Fleck, der sich nicht von der Stelle bewegte. »Ich hab einen überlebenden Polypen!« Rasch schwamm er darauf zu und rief: »Hallo? Das Riff stirbt, und wir müssen fliehen. Wenn du möchtest, könnten wir dich mitnehmen. Wir haben einen sicheren Ort für die Reise, jedenfalls sicherer als hier.«

Der Polyp antwortete nicht.

Heuler schüttelte den Kopf. »Der ist so gut wie hinüber.«

DonDon stieg ein Stück höher. »Da ist ein Feld, wo noch mehrere Korallen leben!«

Er hatte recht. Mitten im Weiß lag eine kleine, farbige Insel.

Zacky schwamm hinüber und sprach die Korallen an.

»Könnt ihr mich hören?! Will irgendjemand mitkommen? Scir und ich und die anderen gehen weg. Wir tragen euch!«

Neben ihm tauchte ein silberner Schatten auf. DonDon schwamm sanft schlängelnd durch die letzten Korallen und beobachtete sie dabei. Zacky sah, dass sie hungrig ihre Tentakel ausstreckten, obwohl sie sonst nur nachts fraßen, wenn das Plankton kam. Auch sie mussten Hunger leiden.

»Sie sind zu schwach«, sirrte DonDon. »Sie hören dich

vielleicht noch, aber sie können nicht mehr antworten.« Er wandte seine Augen ins Licht und lauschte aufmerksam. »Ich kann ihre Angst hören. Es ist zu warm. Sie wissen nicht weiter. Und außerdem, schaut mal ...« DonDon blickte zur Seite, wo die Zooxanthellen schon begannen, die Polypen zu verlassen und aus den Korallen zu fliehen.

»Vielleicht kommen wir zu spät«, murmelte Zacky.

Im selben Moment zuckte DonDon zusammen. Einer der Polypen hatte seine Pfeile auf ihn abgeschossen.

»Oh, das tut weh!«

Zacky überlegte. »Wenn sie so wild um sich schießen, können wir sie nicht zu Scir bringen. Und so können wir sie auch nicht in ihre Augenhöhle setzen. Ich hatte gedacht, sie würden sofort Ja sagen, wenn wir ihnen anbieten, dass wir sie retten. Ich hatte gedacht, sie würden friedlich mitkommen. Was machen wir denn jetzt?«

Heuler lachte auf. »Ich weiß, was wir tun. Wir fressen zwei Fischlein mit einem Happs.«

Zacky und DonDon fuhren herum. Doch Heuler hatte das Maul geschlossen und sah friedlich aus.

»Äh, nur so eine Redensart«, sagte er schnell. »Was ich sagen wollte: Wir geben ihnen Schneckengift. Dann schlafen sie ein und verletzen niemand. Und außerdem bleiben die Zooxanthellen dann drin. So halten die Korallenpolypen durch, bis wir in Sicherheit sind, und Scir auch.«

DonDon fuhr herum. »Die Idee ist gut! Aber wie kommen die Schnecken hierher? Die beiden, die ich vorhin kennengelernt habe, wirkten unendlich langsam.«

Heuler richtete seine blauen Augen auf DonDons roten Kamm. »Jane und June haben ziemliche Muskeln. Und Klebeschleim. Sie können sich an dich dranhängen.«

DonDon lachte klirrend. »Du hast einen sehr guten Verstand, Hai, wenn du nicht gerade jammerst!«

Rasch schwammen Zacky, DonDon und Heuler zurück zum Trog. Die beiden Kegelschnecken hatten sich keinen Millimeter von der Stelle gerührt.

»He, Jane, he, June!«, rief Zacky ihnen aus sicherem Abstand zu.

Schwach kam es zurück: »Jane dich fressen?«

»Nein«, sagte Zacky schnell und erklärte den Schnecken, was sie vorhatten.

Jane und June waren begeistert.

»Jane und June hängen am Riesen?«

»Jane und June durchs Wasser sausen?«

»Ja«, erklärte Zacky.

»Jane und June dabei!«

»Dann hängt euch an DonDons Kamm«, bat Zacky. »Aber wehe, er bekommt was von eurem Gift ab.«

»Nie, nie!«, versicherten Jane und June.

DonDon senkte seinen langen roten Kamm zu den Schwestern hinab. Sie stülpten sich über die

Kammstrahlen und verklebten sich ordentlich daran. Sobald sie sicher saßen, schoss DonDon in die Höhe und flog durch das helle Wasser, begleitet von Janes und Junes Jubel.

»Bewegung gut!«

»Bewegung kühlt!«

Zacky empfand das überhaupt nicht so. Im Gegenteil, mit jedem Flossenschlag wurde er matter. Seine Kiemen brannten von dem überwarmen Wasser. Aber sie durften jetzt keine Zeit verlieren.

Während die kleine Gruppe zurück zu dem verbliebenen Korallenflecken schwamm, sah Heuler immer wieder nach unten. Zacky wusste, dass der Hai über ausgezeichnete Sinne verfügte.

»Noch scheinen wir sicher«, sagte er leise zu Zacky. »Aber die Dunkelheit ist bald näher als das Licht.«

»Da ist es!« DonDon, der vorausgeschwommen war, hielt über dem verbliebenen Korallenflecken an.

Zacky sah sofort, dass ein weiterer Teil der Riffbewohner erbleicht war. Diesmal zögerte er nicht. Er wies mit seiner Schwanzflosse auf alle farbigen Polypen, die er ausmachen konnte.

DonDon drehte sich und ließ Jane und June durchs Wasser schwingen. Die beiden Schnecken verteilten dünne Spritzer ihres betäubenden Gifts. Augenblicklich ließen die Polypen ihre Tentakel sinken. Und auch die Zooxanthellen, die schon mit ihrem Auszug begonnen hatten, hielten inne.

»Es klappt!« Zacky wartete kurz, damit sich das Gift verteilte, packte dann ein oberes Korallenende mit den

Zähnen und biss es ab. Der Polyp funkelte im Wasser wie ein Schatz.

Rasch sammelten sie die Polypen der anderen Korallen ein und klebten sie mit Janes und Junes Schneckenschleim an ihr Gehäuse.

Erleichtert stieß Zacky einen Schwall Wasser aus.

Sie hatten den ersten Teil des Plans ausgeführt. Jetzt mussten sie bloß darauf hoffen, dass die anderen Riffbewohner ein Einsehen hatten.

13.

ÜBERLEBENSIDEE

Scir wirkte wie weggetreten, als Zacky und die anderen sie erreichten.

»Ich habe geträumt«, sagte sie leise. »Die Sonne stand hoch über dem Ozean, und alle Farben waren da. Das ganze Riff! In jeder Höhle lebte einer von uns. Es gab Leben und Tod, wie es immer war.« Sie wand sich aus dem Sand und schnappte nach Luft.

»So wird es auch wieder sein«, sagte Zacky. »Komm her, DonDon.«

Der silberne Riese ließ Jane und June auf Scirs Rücken sinken. Zacky stupste die Korallenpolypen mit dem Mund an und bugsierte sie so vorsichtig in die leere Augenhöhle. Nun sah Scir aus, als hätte sie ein dunkles und ein buntes Auge.

»Schade, dass du dich nicht sehen kannst«, murmelte Zacky. »Deine Augenhöhle ist bunter als meine bunte Seite.«

In diesem Augenblick kam Sweeper, der Putzerfisch, an.

»Wir schaffen es nicht«, piepste er mit seinem dünnen Stimmchen. »Wir sind alle komplett fertig, und wir schaffen es nicht, das Sterben aufzuhalten. Ich soll nach dir suchen, Zacky, die Muränen wollen mit dir sprechen.«

»Gleich«, gab Zacky zurück. »Wir müssen unsere Zukunft schützen.«

Scir schwamm zu einer dunklen Muschelhälfte, die auf dem Meeresgrund lag. »Klebt die über meine Augenhöhle, Jane und June.«

»Warum denn das?«, fragte Heuler, der die ganze Aktion aufmerksam beobachtet hatte. »Die Polypen schlafen doch.«

»Aber sie werden wieder aufwachen«, antwortete Scir. »Und wer weiß, wo wir dann gerade sind. Es ist sicherer, wenn wir das Auge verschließen.«

Als Jane und June die Muschelschale fest über Scirs Augenhöhle geklebt hatten, wandte sich das Steinfischmädchen Zacky zu. Mit der Schale über dem Auge sah sie auf seltsame Weise weniger grimmig aus und erinnerte Zacky wie ein Bild aus ferner Zeit an die Schönheit ihres Riffs. »Es wird dunkler, wir sollten die Muränen nicht warten lassen«, murmelte Scir.

Während sie dem Putzerfisch Sweeper folgten, überlegte Zacky, wohin sie ihre Flucht richten sollten. Er hatte seine Heimat noch nie in seinem Leben verlassen. Aber natürlich wusste jeder von ihnen, dass der Ozean sehr viel größer war. Es gab andere Riffe, es gab Küsten, es gab Eisberge, es gab die Gebiete der Menschen, es gab die dunkle Tiefe. Von all dem kündeten die Strömungen, die die Gerüche aus aller Welt mit sich brachten ebenso wie das, was mitunter in ihnen trieb. Und irgendwo in dieser Weite musste es einen Platz für sie geben, an dem das Wasser nicht zu warm war und der Hunger kein Feind wurde.

Heuler lauschte in die Tiefe. »Wie werden wir hier wegkommen, alle zusammen? Einige sind langsam, andere sind schnell. Sollen die Großen die Kleinen tragen, so wie Don-Don die Schnecken und Scir die Korallenpolypen?«

»Ich weiß es nicht«, gab Zacky zu. »Ich bin nie vom Riff weggeschwommen.«

»Das solltest du auch lieber lassen«, sagte eine unbekannte Stimme.

Zacky sah auf. Eine Gruppe schwarz-weiß gestreifter Korallenwelse stand über ihnen im Wasser. Es waren nur acht Fische, und sie sahen unendlich müde aus.

»Alleine im offenen Wasser ist jeder eine leichte Beute. Wir beschützen einander in unserem Schwarm. Aber selbst von uns ist fast keiner mehr übrig.«

Zacky starrte den Sprecher an. Ein Stück seiner Flosse war abgebissen.

»Dein Blick trügt nicht«, fuhr der Fisch fort. »Wir sind am

Ende. Ich bin übrigens Mo, der vierte Sohn des dritten Onkels im vorletzten Sommer. Und das hier neben mir ist Ma.«

»Ich bin die siebte Tochter der dritten Tante des harten Winters«, sagte das Mädchen neben Mo, das genau dieselben Streifen hatte. »Und wir acht sind die, die übrig sind von über tausend.«

Zacky erinnerte sich an den riesigen Schwarm, der regelmäßig nachts am Riff vorbeigezogen war.

»Ist es wahr, was wir gehört haben?«, fragte Ma und schwamm vor DonDon. »Dass heute Nacht aus der Tiefe etwas kommen wird, was noch tödlicher ist?«

»So ist es«, antwortete DonDon klirrend. »Die Squids, die blinkenden Kalmare. Sie jagen im Schwarm. Und sie fressen jeden, den sie finden.«

»Dann sind wir verloren«, seufzte Mo. »Wir sind zu wenige.

Nur ein großer Schwarm bietet Schutz gegen die Jäger. Nur ein großer Schwarm verwirrt sie genug, sodass sie mit etwas Glück keinen Einzelnen zu fressen bekommen.«

Zacky sah Mo nachdenklich an. »Ich glaube, ich habe eine Idee. Eine Überlebensidee. Wir müssen alle fliehen, alleine überlebt keiner. Wenn ihr mit uns kommt und uns zeigt, wie man im Schwarm schwimmt, können wir es vielleicht schaffen.«

»Ich soll mit diesen Winzlingen einen Schwarm bilden?« Heuler starrte Zacky aus seinen blauen Augen fassungslos an. »Wie soll das gehen?«

»Das weiß ich auch nicht, aber wir können es vielleicht lernen«, erwiderte Zacky. »Das ist genauso, als würde man eine neue Strophe für sein Lied suchen. Erst weiß man nicht, woher sie kommen soll. Aber dann findet man sie doch.«

»Klar!«, jammerte Heuler. »Wir singen den Blinkkumpels alle zusammen ein Liedchen vor. Das wird sie beruhigen.«

»Blödsinn!«, trommelte Zacky. »Darum geht es natürlich nicht. Aber wenn wir einen Schwarm bilden, schwimmen wir nicht alleine. Als Schwarm können wir uns vor Angriffen schützen.«

»Aber in diesem Schwarm bin ich das beste Ziel!«, heulte Heuler wieder. »Mich sehen alle zuerst. Und dann darf ich für euch den Köder spielen, damit ihr entkommt, oder was?«

»Du bist nicht größer als die Röchin oder DonDon«, sagte Scir.

»Die Größe ist ohnehin nicht das entscheidende! Diesem Irrtum verfallen die eingebildeten großen Fische immer wieder.« Ma schwamm vor Heuler. »Das Entscheidende ist die Bewegung. Wenn der Schwarm rollt, unterscheidet sich keiner vom anderen. In einer Bewegung werden alle eins!« Sie drehte sich zu Zacky und stupste ihn mit der Schnauze an. »Ihr wollt euch also auf die Flucht begeben?«

»Wir und ein paar mehr«, bestätigte Zacky.

»Es ist unsere einzige Chance«, sagte Scir.

Ma blickte zu Mo. »Nutzen wir diese Chance?«

»Ja, Ma. Eine andere sehe ich auch nicht.«

14.

DER SCHWARM

Ein Stück hinter dem Korallentrog, der bis vor Kurzem die Putzstation gebildet hatte, fanden sie die anderen. Die bunt zusammengewürfelte Gruppe sah erschöpft aus.

»Endlich!«, zischte die größere der Muränen, als sie Zacky, Scir und die Übrigen erblickte. »Was hat euch denn aufgehalten? Es ist unmöglich! Für jede Alge, die wir an ihren Platz bringen, schwimmen hundert andere weg.«

DonDon ließ die beiden Schnecken um sich schwingen. »Ihr habt euer Bestes gegeben«, sagte er. »Aber nun ist es Zeit, auf Zacky zu hören und zu gehen.«

Die beiden Muränenschwestern sahen DonDon an, dann wandten sie sich zu Zacky.

»Was ist dein Plan? Willst du uns etwa anführen?« Die ältere Muräne schob sich gefährlich nah an ihn heran.

»Nein«, mischte sich Scir ein. »Wir schwimmen im Schwarm mit den Korallenwelsen. Mo und Ma werden uns anführen.«

»Und wir werden darüber nicht streiten, nicht jetzt!«, klirrte DonDon. »Wenn wir bei Dunkelheit noch hier sind, haben wir die Chance verpasst.«

Zacky nutzte die Stille, die auf diese Worte folgte, und trommelte mit den Zähnen. »Ma und Mo, zeigt uns, wie wir einen Schwarm bilden können.«

Die beiden Korallenwelse und ihre sechs verbliebenen Verwandten schnellten auf der Stelle in eine Gruppe.

»Normalerweise«, erklärte Ma, »walzen wir uns über den Boden, und die erste Reihe frisst so lange, bis die zweite über sie hinweg nach vorne geschwommen ist und selbst zu fressen beginnt. Sich so zu bewegen, spart Kraft, weil die erste Reihe die Strömung für die dahinter Schwimmenden bricht. Außerdem bietet der Schwarm Schutz vor Angreifern. Im offenen Ozean halten wir uns aber fern vom Boden und schwimmen so schnell wir können voran.«

»Im Schwarm können Angreifer jeden Einzelnen von uns weniger gut ausmachen«, fügte Mo hinzu und sah zu Heuler. »Auch du wirst zwischen den übrigen Körpern schwieriger zu entdecken sein.«

»Dann lasst es uns versuchen«, sagte die jüngere der Muränenschwestern plötzlich.

Zacky hörte sie zum ersten Mal sprechen. Ihre Stimme klang spitz und scharf wie die Stimmen aller Muränen, aber sie hatte einen lieblichen Unterton, der ihn berührte. Es war fast, als würde sie singen.

»Virginia!« Die größere Muräne starrte ihre Schwester an. »Wir werden da draußen vielleicht sterben!«

»Hier werden wir sicher sterben, Vanessa«, gab Virginia in ihrem Singsang zurück. Sie klang bestimmt. »Ich traue dem Silberriesen. Und dem Garnelenjäger. Auch sie haben den

Tag nicht untätig verstreichen lassen. Sweeper hat meinem Garnelen-Partner Camarones berichtet, dass das Steinfischmädchen hinter der Muschel in ihrer Augenhöhle lebende Korallenpolypen trägt. Sie haben also Samen für die Zukunft gesammelt. Sie haben einen Plan. Und er ist gut.«

Ihre große Schwester zischte. Schließlich aber fuhr sie herum und verkündete: »Meine Schwester hat ein feines Gespür. Wir schließen uns euch an.«

Der große Riffbarsch schwamm an ihre Seite. »Dann komme ich auch mit.«

Zackys Herz schlug schneller. Er sah in die Runde. Der Bann war gebrochen, da war er sich sicher.

Er trommelte wieder mit den Zähnen. »Dann passt genau auf, wie wir uns im Schwarm bewegen.«

Ma und Mo stellten sich dicht zusammen vor ihren Verwandten auf und fielen sofort in ihren jahrtausendealten Rhythmus. Als winziger Schwarm rollten die Korallenwelse ein Stück über dem Boden durch das warme Wasser.

»Bei uns geht das lautlos zu«, erklärte Ma. »Es gibt nur drei Regeln: Folge dem vor dir in gleichem Abstand, halte Abstand zu dem hinter dir und bleibe so schnell wie die neben dir. Dabei gibt es keine Anführer. Jeder kann eine Richtungsänderung auslösen. Das ist wichtig, wenn man Futter findet oder angegriffen wird. Wer angegriffen wird, weicht aus, und gleichzeitig drängen die anderen den Angreifer zur Seite, wenn sie dem Ausweichenden folgen. Ein Schwarm ist ein gemeinsamer Körper. Aber weil ihr das nicht kennt, werden wir für unseren Schwarm zunächst acht Reihen bilden, und jeder von uns wird eine anführen. Ihr folgt den Anweisungen. Sobald ihr das Schwarmverhalten erlernt habt, können wir darauf verzichten.«

»Kommt jetzt dazu!«, rief Mo.

Die beiden Muränen und der Riffbarsch waren die Ersten, die den Worten folgten. Sie begaben sich in die vorderste Reihe.

Heuler schwamm rasch dahinter. »Komm zu mir, Zacky, bitte!«

Zacky blickte zu Scir.

»Sie soll hinter mir schwimmen«, sagte Heuler. »Ich bin größer als sie und breche ihr eine Bahn im Wasser. Dann braucht sie weniger Kraft.«

»Danke, Heuler!« Das Steinfischmädchen ordnete sich ein.

DonDon ging zusammen mit der Röchin in die letzte Reihe und ließ sein langes Hinterteil neben ihrem stachelbesetzten Schwanz aus dem Pulk ragen.

»Sehen wir nicht ein wenig aus wie eine Röchin mit zwei Stachelschwänzen?«, klirrte er.

Die Röchin schwieg.

»Ich höre den Herzschlag deiner Babys«, sirrte DonDon.

»Ist das wahr?« Die Röchin klang leise und unsicher.

»Gewiss«, bestätigte der silberne Riese klirrend. »Mein Name ist übrigens DonDon.«

»Ich bin Förfalla.« Dankbar sah die Röchin ihn an. »Sag mir alles, was du hörst, was auch immer es ist.«

»Das werde ich«, versprach DonDon.

Im selben Moment setzte sich der Schwarm in Bewegung.

»Es geht los!«, rief Ma. »Solange keine Gefahr droht, folgen wir dem Richtungsgeber der ersten Reihe.«

Zacky folgte der Reihe vor ihm. Er spürte, wie das Rollen des Schwarms jeden Körper erfasste. Es war ein fremdes Gefühl. Zacky war es gewohnt, blitzschnell in jede Richtung zu schwimmen, die ihm gerade einfiel. Jetzt dagegen musste er sich der Bewegung der anderen anpassen.

Er lauschte den Trommelschlägen in seinem Kopf und sah über sich. Die Sonne sank über ihrem Riff, und die Dunkelheit fing bereits an, sich auszubreiten. In der Dämmerung wirkte für einen Flossenschlag alles wie immer. Doch dieser Abend hatte nichts mit all den Abenden gemeinsam, die Zacky sein Leben lang gekannt hatte. Das Riff war kalkweiß, keine Farbe war übrig geblieben, und die toten Korallen fielen immer schneller in ein dämmriges Aschgrau.

»Denk nicht an die verlorene Heimat.« Scirs Stimme war nur ein Flüstern. »Denk an das Leben, das vor uns liegt. Und schau dir das Riff an. Es ist vielleicht das letzte Mal, dass wir es sehen werden.«

»Danke, dass du bei mir bist, Scir!«, flüsterte Zacky. Dann blickte er zurück.

Sie waren bereits ein gutes Stück vom Riff entfernt. Der Schwarm bewegte sich schneller, als Zacky erwartet hatte. Gleichzeitig spürte er, erschöpft alle waren.

Mo schien es auch zu bemerken, denn er rief: »Drosselt das Tempo. Wir müssen die ganze Nacht schwimmen. Schont eure Kräfte für den Moment der Verteidigung.«

Der Schwarm wurde langsamer.

Wie schön es jetzt wäre, eine Runde zu schlafen.

Doch keiner von ihnen würde heute schlafen können ...

Zacky dachte an seine schräge Spalte. Er wusste, dass es sie nicht mehr gab. Und doch stand sie ihm auf einmal deutlich vor Augen. Er dachte daran, wie er jeden Abend seine Rückenflosse in ihr verkeilt und sie am Morgen wieder gelöst hatte, wie ihn die Strömung ergriff, wie er den Tag begann. Und er fragte sich, ob er je wieder einen Ort finden würde, den er Heimat nannte.

In diesem Moment brachen aus der Tiefe unter dem Riffhang dunkle Schatten hervor.

Jetzt ...

15.

ANGRIFF

Zacky erstarrte und vergaß, der Bewegung des Schwarms zu folgen.

Sofort prallte er gegen Heuler.

»Pass auf!«, fuhr der Hai ihn an. Doch dann fiel auch Heulers Blick auf das Riff.

»Sie sind da! Sie sind da!«, keuchte er.

»Haltet den Rhythmus!«, drang Mos Stimme scharf zu ihnen durch. »Wer schwankt oder taumelt, bringt alle in Gefahr. Wir sind der Schwarm! Bleibt in den Reihen. Rollt schneller!«

Gerade noch rechtzeitig fügten Zacky und Heuler sich wieder in die Ordnung. Doch jetzt wurden auch die anderen Mitglieder des Schwarms unruhig. Denn hinter ihnen erklang ein schnelles Sirren, das von Hunderten Leibern verursacht wurde, die sich sehr schnell durch das Wasser bewegten. Und nun kam ein rot-weißes, verwirrend schnelles Blinken hinzu.

»Sie verfolgen uns«, rief der Barsch an Vanessas Seite.

»Natürlich«, erklärte DonDon klirrend. »Sie jagen uns. Sie haben Hunger. Und sie sind im Fressrausch!«

Das Wasser hinter den Flüchtenden begann zu beben.

»Es sind sehr viele«, rief Förfalla. »Und sie kommen näher.«

Zacky sah, dass die Röchin recht hatte. Die blinkenden Squids waren schneller als sie. Wie alle Kalmare hatten sie keine Schwanzflossen, sondern verfügten stattdessen über eine Art Düsenantrieb, indem sie aus ihrer Außenhülle Wasser durch einen Kanal pressten und unglaublich schnell heranschossen.

Die Schwarm-Anführer beschleunigten das Tempo. Und anstatt einfach nur geradeaus zu rollen, begann sich der

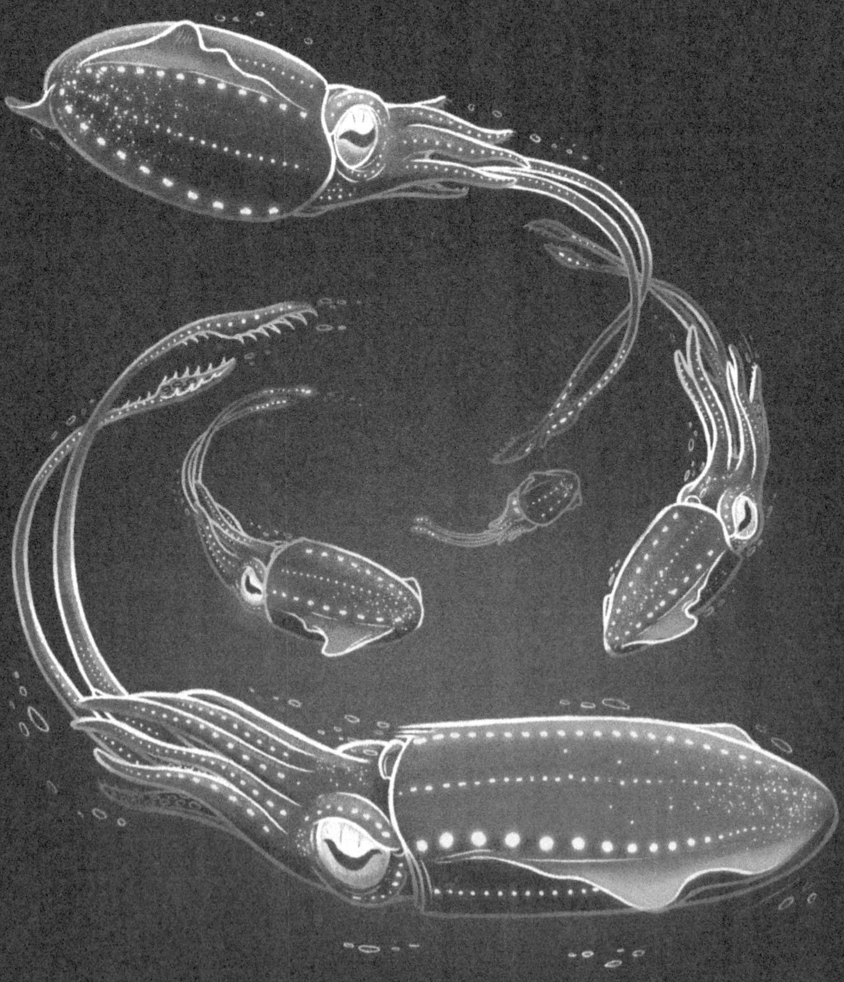

Schwarm plötzlich zu drehen und immer wieder Richtung und Höhe zu ändern.

Das Aufstieben und Hinunterjagen, Achten-Schlagen und Strudel-Bilden ließ Zacky Hören und Sehen vergehen. Die Welt um ihn herum wurde zu einer einzigen mächtigen Bewegung, sodass er Mühe hatte, die Orientierung zu behalten. Ohne die anderen hätte er womöglich einfach angehalten, so verwirrend war es.

Und dann sah er den ersten Verfolger. Hungerstill schoss er an ihm vorbei, mit zwei sehr langen und einigen kürzeren Tentakeln, an denen mit scharfen Zähnen bewehrte Saugnäpfe saßen. Dahinter folgte ein Maul unter großen Augen und schließlich der unablässig blinkende Körper. Das Wesen raste mitten durch den Schwarm, doch der teilte sich in zwei, und der Squid stand schlagartig alleine im Wasser. Zacky hätte beinahe laut gejubelt. Es klappte. Irgendeiner von ihnen war ausgewichen und die anderen hatten sich der Bewegung angepasst.

Er hörte Mo rufen: »Sehr gut! Weiter so! Wir sind der Schwarm.«

Der nächste Squid holte sie ein. Diesmal musste Zacky ihm ausweichen. Er schaffte es gerade so, einem der schnappenden Zahnringe zu entkommen, doch da schrie Virginia. »Sie haben uns eingekesselt. Ich kann nicht weiter zur Seite!«

Sofort übernahm Ma das Kommando. »Enger zusammen!«

Wie ein dünner Strudel drehte sich der Schwarm in die Höhe.

Doch nun kamen weitere Squids heran.

»Wir müssen sie ablenken«, zischte Vanessa. Sie warf ihrer

Schwester einen traurigen Blick zu. »Ich werde sie aufhalten. Bleib am Leben, kleine Schwester!«

Die große Muräne wollte ausscheren. Doch da schoss ihr Jagdgefährte, der riesige Riffbarsch, an ihr vorbei.

»Nein, Vanessa!«, schrie er. »Ihr beide bleibt am Leben! Mir tut ohnehin das Herz weh, seit wir das Riff verlassen haben. Hier habe ich mein Leben verbracht und hier wird es enden. Ich verteidige uns!«

Der Barsch verließ den Schwarm und jagte auf die Squids zu. Während der Schwarm weiter in die Höhe zog, biss er dem vordersten der hungrigen Angreifer einen der beiden langen Tentakel ab.

Mit einem wütenden Blinken stürzten sich die Squids auf den Barsch. Zacky hatte keine Zeit, den Kampf zu verfolgen, der Schwarm nahm ihn mit, und er sah nur noch die Leiber der anderen um ihn herum. Doch er hörte den Tod hinter sich, das Malmen von Mäulern, das Brechen von Gräten und den Schmerzensschrei eines vergehenden Geistes, dem eine plötzliche Stille folgte. Und wie jedes Mal, wenn diese Stille an seine Ohren drang, fragte sich Zacky, ob sie Frieden bedeutete.

Es blieb keine Zeit, darüber nachzudenken. Es blieb keine Zeit zu trauern.

»Weiter!«, befahl Ma.

Zacky hörte, wie Vanessa unglücklich aufzischte. Doch die große Muräne gehorchte.

»Mein Gefährte«, sagte sie mit zitternder Stimme, »ich werde dich nicht vergessen.«

Der Schwarm jagte weiter und änderte erneut die Richtung. Noch immer wurden sie vom Blinken der Squids verfolgt. Doch plötzlich veränderte sich etwas. Das rote und weiße Blinken ging in einer Flut von Farben auf.

»Das Riff!«, hörte Zacky Scir keuchen.

Er blickte zurück. Und trommelte ohne es zu wollen mit den Zähnen. Das gesamte Riff stand in einem Leuchten, wie er es noch nie zuvor gesehen hatte. Jede Koralle glühte gelb oder violett, und eine Wand des Lichts zog sich durch das Wasser.

Die Squids sahen es auch – und hielten inne. Von einem Augenblick auf den nächsten machten sie kehrt und rasten in einer geschlossenen Gruppe zurück in die Tiefe. Es sah aus, als hätte das Riff ihnen befohlen umzukehren.

Ungläubig sah Zacky auf das Leuchten, bis das Licht plötzlich erlosch.

»Was war das?«, entfuhr es ihm.

»Es sah aus wie dein Todeslicht, von dem du gesungen hast«, flüsterte DonDon klirrend.

»Ja, vielleicht«, sagte Zacky.

War es das wirklich?

»Das muss das letzte Lebenszeichen vor dem Tod gewesen sein«, überlegte Scir. »Vielleicht haben die Korallen so versucht, die Zooxanthellen zurückzuholen. Vielleicht war es ihr letzter Ruf in die Welt. Ich weiß es nicht. Aber wir müssen weiter. Wir werden die Korallenpolypen fragen, die ich bei mir habe, wenn es uns gelingt.«

»Das sterbende Riff hat uns gerettet!«, flüsterte Heuler. »Es tut mir so leid!«

Zacky brach fast das Herz bei diesen Worten des Hais. Laut aber sagte er: »Ja, das Riff hat uns Licht geschenkt und uns so vor den Squids gerettet. Ich werde ihm immer dankbar sein.«

»Ich bin dankbar«, murmelte Heuler. »Ich bin so dankbar.« Dann sagte er nichts mehr.

»Richtet die Gedanken jetzt in die Ferne«, forderte Ma, und Mo fügte hinzu: »Das habt ihr gut gemacht. Ihr habt die Formation gehalten. Es ging schneller, als wir erwartet haben. Jeder von euch kann den Schwarm nun führen, und wir sind müde. Wer schwimmt voraus, damit wir uns ausruhen können?«

Vanessa, die größere der Muränen, schob sich langsam nach vorne. Dann flüsterte sie: »Solange ich kann. Sein Name war übrigens Aldo.«

Unter ihrer Führung zog der Schwarm ins tiefere Wasser und nahm den Weg wieder auf.

Zacky sah noch einmal zurück zum Riff. Ihre Heimat wurde kleiner und kleiner. Gleich würde sie in der Dunkelheit nicht mehr zu sehen sein.

Aber wir leben und wir sind auf der Flucht.

»Nicht auf der Flucht, sondern auf dem Weg, Zacky«, drang Scirs Stimme in Zackys Gedanken. »Zu einer neuen Heimat. Vergiss das nicht.«

»Kannst du hören, was ich für mich denke?«, fragte Zacky.

»Seltsamerweise ja«, murmelte Scir. »Seit ich die Korallenpolypen in meiner Augenhöhle habe.«

Was tun wir jetzt? fragte Zacky.

Wir schwimmen weiter, gab Scir zurück.

Ja, dachte Zacky. *Was auch sonst.*

Die Reise der Survivors

geht weiter ...

Leseprobe aus Band 2:
Das Riff der Anderen

ZWISCHEN SPITZEN ZÄHNEN

Eine sanfte Strömung umspielte Zackys Körper. Sie wiegte ihn hin und her. Er fühlte sich sicher und geborgen.

Meine Spalte ... Nur noch die Rückenflosse lösen ...

Etwas stimmte nicht!

Sein Rückenstachel war gar nicht ausgeklappt. Aber er schlief nie mit eingeklapptem Rückenstachel. Die Strömung würde ihn sonst aus der Korallenhöhle davontragen.

Zacky schnappte nach Wasser, nach Luft für die Kiemen. Sofort jagte ein Schock durch seinen Körper. Das Wasser war viel zu warm, es schmeckte abgestanden und verbraucht. Dazu kam es ihm auf einmal so vor, als rasten die Wände seiner schiefen Spalte auf ihn zu. Sie packten ihn wie die beiden Schalen einer Riesenmuschel und hielten ihn erbarmungslos fest.

Zacky schlug wild mit den Flossen und versuchte rückwärts zu schwimmen. Doch er kam keinen Millimeter vom Fleck. Es war so eng, dass er nicht mal mehr seine Kiemen bewegen konnte.

Ich muss hier raus!

»Hilfe! Hilfe!«

»Hör auf zu schreien!«, heulte es laut über ihm. »Wenn

du so zappelst, spießt du dich am Ende noch selber auf! Ich kann dich ohnehin kaum noch halten.«

Zacky fühlte sich, als wäre er mit dem Kopf gegen einen Felsen gedonnert. Er kannte diese Stimme. Sie gehörte Heuler, dem Wanderhai mit den blauen Augen. Aber wieso sprach Heuler mit ihm? Sie lebten am selben Riff, aber sie waren ganz sicher keine Freunde. Im Gegenteil, man musste aufpassen, dem Hai nicht zu nahe zu kommen, wenn man nicht gefressen werden wollte. Wieso warnte er Zacky jetzt? Und warum behauptete er, dass er ihn festhielte?

Zacky blickte sich um, und da begriff er, was los war. Was er für die Korallenwände seiner schiefen Spalte gehalten hatte, waren lange Zahnreihen, die ihn gepackt hielten. Und direkt dahinter erstreckte sich ein mächtiges Maul.

Zacky klemmte zwischen Heulers Zähnen.

»Lass mich los!«, brüllte er.

»Gerne«, kam es zurück. »Allmählich muss ich nämlich wirklich gegen den Hunger ankämpfen, wenn du verstehst, was ich meine.«

»Mach dein Maul auf, Heuler! Lass mich frei!«

»Klar doch. Aber dann pass auf, dass du nicht wieder einschläfst. Wir hätten dich fast verloren!«

Wir?

Auf einmal erinnerte Zacky sich. Die Bilder rasten auf ihn zu wie ein riesiger Fischschwarm: Das Riff ... die weißen Korallen, die nicht mehr zu retten waren ... der Tod, der alle gleichermaßen bedrohte ... ihre Flucht ... Ma und Mo, die den Schwarm anführten ... wie die Squids aus der Tiefe auftauchten und sie jagten ... der Barsch, der sich für sie opferte ... und schließlich die Müdigkeit, die Zacky erfasst hatte ... Er hatte irgendwann die Augen geschlossen, für einen kleinen Moment nur ...

Die langen Zahnreihen klappten auseinander. Zacky schlüpfte ins Freie und stand direkt vor Heulers leuchtend blauen Augen. Sie blickten ihn an, müde, erschöpft und wie immer ein bisschen gefährlich. Der Hai konnte nicht anders gucken.

»Du hast mich getragen. Das vergesse ich dir nie«, murmelte Zacky.

»Ich auch nicht«, jammerte der Hai. »Du kannst dir gar nicht vorstellen, was für einen Hunger ich habe. Ich weiß echt nicht, wie ich es geschafft habe, nicht zuzubeißen. Aber du bist einfach so in die Tiefe getrudelt.«

Heuler verstummte, und Zacky wusste nicht, was er darauf antworten sollte. Es war eine unglaubliche Vorstellung, dass der Hai ihn nicht einfach verspeist hatte. Zacky ordnete sich neben Heuler wieder in den Schwarm der Flüchtlinge ein.

»So tief wie du möchte ich auch mal beim Schwimmen schlafen können!«, verkündete eine leicht knurrende Stimme. Es war Scir, das Steinfischmädchen und Zackys beste Freundin. Sie krächzte beinahe vor Erschöpfung. »Du würdest nicht einmal merken, wenn du gefressen wirst. Ein schöner Anführer bist du!«

Anführer?

»Hast du vergessen, dass das alles dein Plan war?«

Die Strophen meiner Mutter! Ich habe vor allen gesungen!

Das hast du, kam es zurück.

Scir konnte auch die Gedanken hören, die Zacky eigentlich für sich allein dachte. Das hatte begonnen, als sie die letzten lebenden Korallenpolypen gesammelt und in Scirs leere Augenhöhle gesetzt hatten. Sie hatte ihr Auge vor langer Zeit an einen Krebs verloren, nun trug sie in der Höhle stattdessen die Hoffnung auf eine neue Heimat. Ihr altes, einst so prächtiges Riff, war in der Hitze gestorben.

»Ich habe das Gefühl, den Polypen geht es nicht gut«, sagte Scir besorgt und für alle hörbar.

Zacky schielte zu der Muschel, die ihre Augenhöhle verschloss.

»Dann müssen wir nach ihnen schauen!«

»Nicht jetzt«, widersprach Scir. »Wir sind noch lange nicht

weit genug weg, um vor den Squids in Sicherheit zu sein. Sobald es dunkel wird, kommen sie wieder.«

Zacky blickte nach oben. Noch war das Sonnenlicht deutlich zu erkennen.

»Wir sollten schwimmen, solange wir können«, fuhr Scir fort. »Vielleicht finden wir ja bis zur nächsten Dunkelheit einen Ort, an dem wir sicher sind.«

»Aber das Wasser ist immer noch zu warm«, sagte Zacky. »Es ist kein bisschen kühler als am Riff.« Er war inzwischen hellwach, auch wenn er sich schwach fühlte. »Vielleicht wandern die Zooxanthellen aus den Polypen aus.«

Die Zooxanthellen waren die winzigen Algen, die als Mitbewohner der Polypen dafür sorgten, dass sie gemeinsam am Leben blieben. Im überwarmen Wasser verließen sie die

Korallen. Und wenn das geschah, starben die Korallen, sie wurden weiß und verknöcherten.

»Nein, noch nicht«, knurrte Scir. »Aber sie brauchen dringend kühles Wasser. Sonst ...« Sie ließ den Satz unvollendet.

»Das war es dann wohl mit der neuen Heimat«, zischte die größere der beiden Drachenmuränen, Vanessa. »Dieses ist eine Flucht in den Tod! Da können wir uns hundert Mal die Survivors nennen!«

»Sag das nicht so, als wäre es beschlossene Sache!«, zischte ihre jüngere Schwester Virginia, die nun auf der anderen Seite neben Zacky das Wasser durchschnitt. Auf ihrem Kopf saß ihr Jagdpartner, die Garnele Camarones. »Es ist ein harter Tag. Aber es muss nicht der letzte aller Tage sein.«

»Es ist der erste aller schweren Tage, und es wird vielleicht auch der letzte sein«, knirschte Vanessa. »Wir sind ohne jedes Versteck. Ohne Futter! Ohne eine Idee, wohin. Wir sind nicht nur heimatlos, wir sind auch ziellos! Eine Reise ohne Ziel ist eine Reise in den Tod.«

Im Schwarm breitete sich Schweigen aus. Zacky blickte von einem zum anderen: Da war DonDon, der silberne Riese, der aus der Tiefsee zu ihnen gestoßen war und sich eigentlich hatte umbringen wollen. Jane und June, die beiden Gift verströmenden Schnecken, die in seinem roten Kamm hingen. Förfalla, die Röchin, die ein Kind in sich trug. Der gelbe Putzerfisch Sweeper, der immer in der Nähe der beiden Drachenmuränen blieb. Mo und Ma und die übrigen Korallenwelse, die sie gelehrt hatten, wie ein Schwarm sich bewegte. Und natürlich, direkt neben Zacky, Heuler und Scir.

»Jede Flucht kennt ein Ziel«, klirrte DonDon. »Es ist die Suche nach einem sicheren Ort.«

»An dem wir ein neues Riff bauen können!«, sprang Zacky ihm dankbar bei. »Aber ehe wir das tun, müssen wir die Polypen in Scirs Augenhöhle mit kühlerem Wasser versorgen.«

»Es gibt hier kein kühleres Wasser«, zischte Vanessa.

»Dann müssen wir uns fragen, wo wir es finden!«, rief ihre Schwester. Camarones auf ihrem Kopf wiegte zustimmend seinen schlanken Körper.

»Und wo soll das sein?«, fauchte Vanessa. »Das Wasser ist überall zu warm.«

»Vielleicht in der Tiefe«, schlug Virginia vor. »Der größte Teil des Meeres liegt unter uns.«

»Da leben die Squids!« Förfalla klang entsetzt.

»Mit etwas Glück bemerken sie uns nicht«, gab Zacky zurück. »Heuler und ich werden hinabtauchen und nach kühlerem Wasser suchen.«

»Warum denn ich?«, jammerte Heuler. »Warum ausgerechnet ich? DonDon kennt sich da unten viel besser aus.«

»DonDon ist viermal so lang wie du, und er schillert. Ihn übersieht niemand so leicht. Aber du bist ziemlich dunkel, und ich habe eine schwarze Seite«, erklärte Zacky. »Wir sind unsichtbarer da unten im Dunkel als die meisten.«

»Aber von unten gesehen sind wir sehr leckere dunkle Flecken gegen den hellen Himmel!«, beschwerte sich Heuler.

»Ich nicht«, sagte Zacky. »Meine bunte Seite ist von unten so gut wie unsichtbar. Sie flirrt im Gegenlicht.«

»Aber ich habe keine bunte Seite! Und ich kann mich ja wohl kaum hinter dir verstecken.«

»Nein«, sagte Zacky. »Aber du hast ein größeres Maul als ich. Du kannst einen Angreifer erledigen oder zumindest vertreiben. Und außerdem passt in dich mehr kaltes Wasser als in mich. Du bist unser Transportmittel!«

Boris Pfeiffer
Survivors, Band 2:
Das Riff der Anderen
Mit Illustrationen von Theresa Tobschall
€ 10,00, Hardcover
ISBN 978-3-505-14459-2
Ab 9 Jahren
Erscheint am 25.01.2022

Zacky, Scir, Heuler und die anderen Survivors sind den Squids um Flossenbreite entronnen. Doch wo sollen sie nun eine neue Heimat finden? Als sie kurz davor sind, vor Hunger und Erschöpfung aufzugeben, locken die Schneckenschwestern Jane und June mit ihrem Getrommel einige Wale an. In deren Mäulern gelangt der Schwarm ungleicher Fische zu einem neuen Riff, das alles bietet, was sie brauchen. Doch die Riffbewohner, die sie erwarten, sind nur auf den ersten Blick freundlich und einladend … Werden die Survivors auch diesen Kampf gemeinsam bestehen?

Boris Pfeiffer
Survivors, Band 3: In die Tiefe
Mit Illustrationen von Theresa Tobschall
€ 10,00, Hardcover
ISBN 978-3-505-15029-6
Ab 9 Jahren
Erscheint am 22.03.2022

Zacky, Scir, Heuler und die anderen Survivors suchen nach einem Ort, an dem sie ein neues Riff aufbauen können. Das merkwürdige Menschengebilde, zu dem ihre Flucht sie geführt hat, riecht zwar süßlich, doch es scheint ihre Mägen zu vergiften und bietet keinen Nährboden für die letzten überlebenden Korallen. Ausgerechnet Maloy, der sie schon einmal in eine Falle gelockt hat, präsentiert eine Rettungsidee: Er hat in der Nähe ein Schiffswrack entdeckt, in dem die Flüchtlinge Schutz und sogar Plankton finden können. Die Survivors sehen nur einen Ausweg: Sie müssen Maloy noch einmal vertrauen und ihm in die Tiefe folgen.